그냥, 글쓰기 :

내 몸은 문장을 알고 있다

시간여행 글쓰기 03

그냥, 글쓰기

조성일 지음

내 몸은 문장을 알고 있다

시간여행

• 시작하며

어떤 것에도 방해받지 않고 쓰고 싶은 대로, 생각나는 대로 쓰라

"세상은 공기와 물, 그리고 광고로 이루어져 있다."

미국의 세계적 광고인 데이비드 오길비((David Ogilvy)가 한 말이다. 그의 어록에서 '광고' 대신 '글'을 넣어 패러디해보자.

"세상은 공기와 물, 그리고 '글'로 이루어져 있다."

어색한가. 우리는 집, 사무실, 버스, 지하철 등 장소는 물론이거니와, 시간 역시 가리지 않고 틈만 나면 열심히 '글'을 읽고 쓴다. 얼마나 '글'을 좋아하는지, 횡단보도에서조차 '글'을 쓰고 읽느라 자칫 교통사고까지 당할 뻔 하기도 한다.

언제부터인가 우리는 '글'을 원고지에 쓰지 않는다. 스마트 폰 액정 화면을 톡톡 터치해서 '글'을 만든다. 다 쓰기가 무섭게 톡

하고 누군가에게 보낸다. 그러면 그 글을 받은 누군가도 곧바로 스마트 폰 액정 화면을 톡톡 하여 '글'을 만들어 발신인에게 '톡' 하고 답장을 보낸다. 이렇게 '글' 만드는 행위를 우리는 눈을 뜨자마자 시작하여 잠자리에 들어서야 비로소 멈춘다. 상황이 이러할진대, 오길비 어록의 패러디가 대수겠는가. 그런데도 사람들은 글을 쓰지 않는다고 항변한다.

혹자는 스마트 폰에서 치는 '글'(카톡이나 문자, 블로그, SNS)이 '글'이냐며, 논리의 비약이 너무 심한 거 아니냐고 타박할지도 모르겠다. 그런데 카톡이든 문자이든 그것은 엄연히 글이다. 글이 아님, 대체 무엇인가.

나는 지난해에 《나의 인생 이야기 자서전 쓰기》를 집필하면서 많은 걸 느끼고 배웠다. 그 책은 기본적으로 글을 쓸 줄 안다는 전제 아래 '무엇'(자서전)을 쓸 것인가에 대해 다루었다. 그런데 사람들은 '자서전 쓰기'도 결국 '글쓰기' 책으로 간주할 게 너무도 뻔했다. 또한, 우리 대부분은 글과는 거리를 두고 살아왔기에 자서전을 비롯하여 수필이나, 서평이나, 아니면 일기, SNS에 선뜻 글을 쓰는 것을 부담스러워한다. 그래서 나는 《나의 인생 이야기 자서전 쓰기》를 쓰면서 글쓰기에 관한 내용을 조금은 다루어야 했다.

아무튼, 책은 무난히 출판되었고, 그 덕택에 여러 군데에서 '자서전 쓰기' 또는 '글쓰기' 강의 요청이 들어왔다. 나아가 '세종 도서'에 선정되는 행운까지 얻었다. 그런데 이런 기쁨 뒤엔, 뒤를 보고 밑을 닦지 않은 듯한 찜찜함이 여전히 나의 신경을 건드렸다. 그 찜찜함이란 다름 아닌 《나의 인생 이야기 자서전 쓰기》에서 다루지 못했던 글쓰기 이야기 때문이었다. 그래서 용기를 내었다. 이 땅의 글 쓰고 싶은 충동에 사로잡힌 글쓰기 입문자들과 나의 그 고민을 공유하기로.

나는 어언 30여 년 동안 글 밥을 먹으며 살고 있다. 소설이나 시 같은 문학은 아니지만, 신문이나 잡지에 기사를 쓰면서, 간혹 에세이를 쓰면서, 더러 책도 몇 권 쓰면서 살았다. 앞으로도 글을 쓰며 살아갈 작정이다. 그동안 글 품을 팔면서 나름 이런저런 경험을 많이 쌓았다. 그래서 그 경험담을 글로 표현하고 싶은 사람들과 공유하면 그것 나름대로 그들에게는 소중한 간접경험이 될 수 있겠다는 생각이 들었다.

그러나 나는 나의 게으름을 잘 알기에 그냥 책을 집필하기에는 언제 마무리할 수 있을 것인지 아무도 모를 것이라는 우려감이 엄습했다. 이 우려를 불식시킬 긴장이 필요했다. 그래서 〈오마이뉴스〉에 있는 후배 기자에게 고민을 털어놓았다. 후배는 내게 연재를 제안했다. 그래서 나는 6개월 동안 매주 한 꼭지씩 글쓰기에 관한 글을 써서 〈오마이뉴스〉에 올렸다. 아마도 '연재'라는 부담감이 없었다면 이 글은 아직도 초입을 빠져나오지 못했을지도 모른다. 생활하다 보면 시급한 척 다가오는 일이 어디 한둘인가. 그럴 때 쓰기 싫은 속내가 이 시급한 일을 핑계로 뭉그적거리는 것이 인지상정이다. 그러나 나는 무슨 일이 있어도 매주 월요일 오전에는 원고를 써서 올렸다. 그 무렵 아버님이 병원에 입원하셨다. 병간호 당번이 되어 월요일을 포함하여 며칠 시골을 다녀와야 할 때도 있었다. 그때도 나는 연재를 건너뛰지 않았다. 가능하면 시골로 출발하기 전에 미리 글을 써서 가지고 갔다가 월요일에 송고만 할 작정이었다. 그런데 세상살이가 어디 뜻대로 이루어지던가. 준비가 안 된 상태로 시골에 가면 어쩔 수 없이 월요일에는 아침부터 부산을 떨었다. 아버님을 간호하는 사이사이에 노트북 자판을 두드렸다. 병원에 와이파이가 없어서 송고할 때는 가까이 있는 카페를 찾아가기까지 했다.

이 책은 이런 수고가 곁들여져 있어 더 살갑게 느껴진다. 〈오마이뉴스〉 연재가 아니었다면 아마 나의 집필은 중도에 그만뒀을 수도 있었다. 하지만 연재 덕분에 어쩔 수 없이 글을 쓸 때도 있었음을 솔직히 고백한다. 그런 긴장과 의무감으로 이 원고를 완성할 수 있었다.

글쓰기 책을 쓴다는 것이 정말 어려운 일이라는 걸 깨달은 것은 이 작업에 착수한 지 얼마 지나지 않아서다. 용기가 만용이었다. 내 몸속에는 수많은 구슬(글쓰기 팁)이 있음은 분명한데, 문제는 그 구슬을 꿸 능력이 내게는 부족하다는 점이었다. 더욱이 글쓰기 팁이라는 것이 각 꼭지별로 두부모 자르듯 명확하게 구분되는 것이 아니라 거의 모두가 서로 교집합을 이루고 있다는 점에서, 이 팁을 과연 어느 꼭지에서 다루는 것이 효율적인 것인지에 대해 난감할 때가 많았다.

나는 애당초 이 원고를 작성하기 시작할 때 절대로 다른 사람의 글쓰기 책이나 자료를 보지 않고 순전히 내 경험에만 의존하여 쓰겠다고 생각하였다. 그러다 보니 글쓰기 속도가 생각보다 더뎌서 어려웠던 적이 여러 번이었고, 그럴 때마다 다른 책이나 자료들을 보고 싶은 충동이 강하게 일기도 했었다. 물론 다른 자료에 전혀 의존하지 않은 것은 아니다. 특히 인용할 때는 물론이거니와, 문법 문제를 다룰 땐 당연히 자료를 뒤적거려서 내 생각이 정확한지 아닌지를 확인하였다. 때론 참고 자료에서 내가 미처 몰랐던 내용을 공부하는 경우도 많았다.

그런데 신기한 경험을 하였다. 글을 쓰면서 이럴 것이라고 느꼈던 것들이 문법적으로 이미 타당성을 확보하고 있었다. 그동안 우리가 온몸으로 말글살이를 해온 터여서 정확한 문법 용어는 모른다 할지라도, 그 규칙은 우리가 잘 알고 있다는 걸 느꼈다. 내가 참고 자료 없이 글을 써보겠다고 나섰던 것도 바로 이런 이유에서였다.

언젠가 누군가(정확하게 기억은 안 나지만 내게 논술에 관해 물어봤던 고등학생일 것 같다)에게 "'말'이 곧 '글'이다"라고 설명해주었던 적이 있었다. 아마도 그 학생이 논술을 무척 어렵게 느껴서 글이 별거 아니라는 점을 강조하기 위해서 그렇게 말했던 것 같다. 그런데 그 후, 이태준의 《문장 강화》를 읽었는데, 거기에 그런 내용이 고스란히 들어있었다. 그랬다. 나는 득도(?)했었다. 내 '몸'이 글이 무엇인지를 잘 알고 있었다.

그런데 문제는 글쓰기 관련 신간 도서들이 꾸준하게 출시되고 있다는 점이다. 내가 이 책을 쓰고 있는 동안에도 서너 권의 새로운 글쓰기 책이 나왔음을 확인했다. 그런 상황이어서 굳이 나까지 써야 할까 싶었다. 그런데도 나는 사고(?)를 치기로 했다.

내가 글쓰기 책을 쓰겠다고 용기를 낸 실질적인 이유는 시중에 나와 있는 여느 글쓰기 책과 문제의식의 결이 달라서이다.

내가 접한 대부분의 글쓰기 도서를 감히 평한다면, 이 도서들은 "글을 잘 쓰기 위한 책"이었다. 그런데 이제 글쓰기에 막 입문하는 사람에게는 글을 잘 쓰기 위한 팁이 과연 효과가 있을까. 이해가 되지 않은 팁은 자칫 독이 될 수도 있다. 닭도 잡아보지 않은 사람에게 소 잡는 칼부터 쥐여주면서 소를 잡으라고 부추기는 것과 다를 바 없다는 생각이 들었다.

나는 글쓰기 책은 글쓰기에 필요한 가장 기본적인 것만 알려주면 충분하다고 생각한다. 글을 써본 사람은 안다. 글을 '잘 쓰는 것'은 몇 가지 팁으로 되지 않는다. 글쓰기를 쉼 없이 하다보면 몸이 스스로 좋은 문장에 반응한다.

글쓰기에 관하여 기초만 알고 글을 열심히 쓰면 누구나 뛰어난 문장가가 될 수 있다. 그 말을 어떻게 믿느냐고 할지 모르겠다. 나는 사실 고등학교를 졸업할 때까지 아니, 군대를 갔다 올 때까지 글 밥을 먹을 줄은 꿈에도 몰랐다. 이 말은 내가 한창 감수성이 예민할 때 글쓰기 공부를 전혀 하지 않았다는 말과 같은 의미이다. 그런 내가 어떻게 글과 친해질 수 있었을까.

자세한 얘기는 뒤에 하겠지만, 기자가 되고 싶다는 생각이 부른 '나비효과'였다. 글을 한 번도 써보지 않았던 나는 신문의 사설을 베껴 쓰면서 문장공부, 단어공부를 시작했다. 신문의 칼럼을 놓고 빨간펜으로 수정하면서 문장력을 더 좋게 벼렸다. 그러면서 느꼈다. 글은 별거 아니다. 많이 써본 사람 앞에 당할 장사 없다.

이 책을 본격적으로 시작하면서 세 가지 점을 강조하고 싶다.

첫째, 글에는 문외한이지만 글을 쓰고 싶어 하는 분들에겐 그냥, 글쓰기를 해보라고 용기를 주고 싶다. 글쓰기도 여느 일과 마찬가지로 시작하기까지가 힘들어서 그렇지 막상 시작하면 금방

관성이 생긴다.

둘째, 글쓰기는 어려운 일이 아니라는 점을 강조하고 싶다.

글을 쓰고 싶은데 도무지 어려워서 시작하지 못하겠다는 사람이 의외로 많다. 분명한 것은 글쓰기는 결코, 어렵지 않다는 점이다. 본 바를, 느낀 바를, 생각나는 바를 문자(글자)로 옮기면 그것이 곧 글이다. '그냥' 쓰기만 하면 된다. '그냥' 쓰면 된다. 천하에서 가장 쉬운 것이 글쓰기다.

셋째, 글쓰기를 두려워하지 말라고 격려하고 싶다.

글쓰기를 하기도 전에 지레 겁먹고 회피하는 사람들이 많다. 글쓰기는 카톡이나 문자를 하듯, 페이스북을 하듯, 블로그를 하듯 그렇게 하면 된다. 별거 아니다. '글'이란 말에 주눅 들지 말고 당당하게 즐겨라. "그까짓 거, 글이 별거겠어. 나라고 못 쓸 거 있어!" 하는 마음으로 덤비면 두려움은 썩 물러나고 대신 그럴듯한 문장이 내 생각을, 실을 짜듯 직조한다.

이 책의 1차 목표는 글이란 무엇인지 그 개념에서부터 시작하여 어떻게 하면 글을 '잘'이 아닌 '그냥' 쓸 수 있는지에 관한 전반적인 내용을 살펴보는 것이다. '잘' 쓰는 문제는, 거듭 말하지만, 자꾸 쓰다 보면 몸이 좋은 문장을 알게 되고, 알아서 좋은 문장을 쓴다. 따라서 글을 자꾸 써보는 것 말고 굳이 따로 팁을 요구하지 않는다. 무작정 글을 쓰다 보면 어느 순간 자신도 모르게 문장이 좋아져 있을 것이다.

글은 결코 거창한 것도, 어려운 것도, 잘 써야 하는 것도 아니다. 글은 글일 뿐이다. 흔히 글을 '잘' 쓰려고 하는 데서 사달이 난다. 그냥 쓰면 될 걸 '잘' 쓰겠다는 욕심의 덫에 걸리면 시간을 잃고, 의욕을 잃고, 흥미를 잃는다. 그러나 '잘'이 아닌 '그냥' 쓰기는 쉽다. 그 어떤 것에도 방해받지 않고 쓰고 싶은 대로, 생각나는 대로 글을 쓰라. 이것이 이 책이 지향하는 글쓰기다.

2018년 초겨울

조성일

차례

'벌써 진달래가 피었구나!'를
소리 내면 말이요, 써놓으면 글이다.
본 대로 생각나는 대로 말을 하듯, 본 대로 생각나는 대로
문자로 쓰면 이것이 곧 글이다.

CHAPTER 1

글을 왜 쓰는가?

1. 글은 카톡이다
2. 글쓰기는 욕망의 발현이다!
3. 그냥, 무조건 쓰라
4. 쓰고 싶고, 쓸 수 있고, 쓸 필요가 있는 글감을 찾아라
5. 글은 엉덩이가 쓴다

1 카톡이 글이다

단도직입적으로 주제부터 던지고 이 글을 시작한다.

"글이란 무엇인가?"

'글'이란 개념에는 막연하게 '쓰고 있는 것'을 총칭하는 추상적인 것과 지금 우리가 알아볼 '구체적인 것'으로 나누어 생각할수 있다. 그냥 글만 쓰면 되지 그 개념이 뭐 그렇게 중요하냐고 할지 모른다. 그러나 이 문제는 매우 중요하다. 특히 지금 글쓰기에 막 입문하려는 사람에게는 더욱더 중요하다. 그 이유에 대해서는 이 글을 찬찬히 읽어보면 알 수 있다.

또한, 이 문제는 이제부터 본격적으로 시작하는 '글쓰기' 대장정에서 언제나 마주치는 궁금함이다. 따라서 애당초 그 궁금함을 해소할 필요가 있다.

그렇다면 글쓰기 대장정에서 이 질문을 굳이 도발적으로 던지는 가장 중요한 이유는 무엇일까. 여러분이 그동안 가졌던 글쓰기에 대한 막연한 두려움과 어려움을 한꺼번에 해소할 수 있기 때문이다. 글이란 결코 거창하거나, 어려운 것이 아니라 누구나 쉽게 쓸 수 있는 것이란 점을 강조하기 위해서다.

소설가 이외수는 《글쓰기의 공중부양》에서 "글이란 쌀이다"라고 은유적으로 표현 바 있다. '썰'로 오해하지 말라며 '정신의 쌀'이란 '썰'까지 읽고 나면 역시 글에 관한 고수다운 적절한 비유였다는 느낌을 지울 수 없다. 이외수의 '쌀'은 결국 내가 자주 사용하게 될 '메시지'란 낱말과 그 궤를 같이한다. 우리의 정신적 허기를 달래주는 그 무엇이었다.

이에 비해 나는 "글이란 카톡이다"라고 정의했다.

카톡이 무엇인가. 사람과 사람 사이에 메시지를 주고받는 커뮤니케이션 수단이다. 그런데 이 카톡이 단순한 메시지 소통 수단을 넘어 생활의 상당 부분을 지배하는 권력자로 등장했다. 안부를 묻고, 약속을 잡고, 수다를 떠는 것은 기본이다. 서로 치열하게 싸움을 하는가 하면, 텔레비전에 나올 만큼 큰 사건의 수사와 판결을 결정적으로 좌지우지하는 증거가 되기도 한다.

그런데 사용자들은 카톡 할 때 어떤 방식으로 메시지를 주고받는가? 글자를 기본으로 하되, 보다 실감 나고 풍부한 감정을 표현하기 위해 이모티콘(Emoticon)을 곁들인다. 가령, "카톡" 하길래 핸드폰을 열어보니 후배에게서 이런 메시지가 와있다.

"즐점하세요^^"

누구나 이 메시지의 의미를 알아챈다. '즐겁게 점심을 먹어라'라는 메시지에 웃음을 뜻하는 이모티콘(^^)을 곁들였다. '즐점'은 SNS에서 즐겨 쓰는 축약어로 '즐거운 점심'을 의미한다. 자, 그럼 이 카톡을 문장으로 다시 써보자.

"즐거운 점심하세요. 호호!"

흠잡을 데 없이 완전한 문장이다. 이모티콘이나 축약어 등 다양한 기호가 글자를 대신하기는 하지만, 이런 것이 문자와 어우러져 문장의 꼴을 이룬다. 주어나 목적어가 빠진 문장을 보낼 때도 있지만, 이때도 그냥 빠뜨리는 것이 아니다. 카톡을 받는 상대방이 빠진 내용을 이해할 수 있을 때만 의도적으로 생략한다. 그러니 카톡 메시지는 소통의 기능을 온전히 하는 '완전한 문장'이다.

우리는 카톡을 통해 이런 문장을 매일, 수 개에서 많을 때는 수십 개씩 보내고 받는다. 누군가에게 카톡을 보낼 때 한 문장만 쓸 때도 있지만 두 문장, 아니 장문일 때도 있다. 또한, 카톡은 남녀노소 구분 없이 누구나 쓴다. 여기엔 그 어떤 차별이나 차이가 존재하지 않는다. 이렇게 남녀노소를 막론하고 우리는 매일 '글'을 쓰고 읽는 셈이다.

혹 '글을 쓰고 있다'라는 말에 논리의 비약이 지나치다고 반박할지 모르지만, 뭐 글이란 게 별것인가. 문장이 곧 '글'이다. '전하고자 하는 메시지를 담은 문장 모음'이 글이다. 그렇다면 "카톡이란 글이다"라는 나의 명제는 충분히 설득력 있는 주장임을 입증한 셈이다. 내가 이런 명제를 길게 설명하는 것은 글쓰기란 결국 카톡(문자) 쓰기와 다르지 않아 매우 쉽다는 사실을 강조하기 위해서다.

글이 무엇인지 쉽게 설명하는 명제를 더 알아보자.

"말이 글이다!"

작가 이태준의《문장 강화》에서 소개한 한 구절이다.

"'벌써 진달래가 피었구나!'를 소리 내면 말이요, 써놓으면 글이다. 본 대로 생각나는 대로 말을 하듯, 본 대로 생각나는 대로 문자로 쓰면 이것이 곧 글이다."

말을 하지 않고 사는 사람은 없다. 누구나 늘 말을 입에 달고 산다. 그런데 말도, 글도 모두 메시지로 전달하는 표현 방식이 다를 뿐 전달하려는 메시지는 같다. 그렇다면 말을 그대로 문자로 표현하면 무엇일까. 그게 바로 '글'이다.

글을 쓰다 보니 어느 순간 말이 곧 글이라는 생각이 강하게 들었다. 가끔 말을 잘하는 사람이 글은 못 쓴다거나, 글을 잘 쓰는데 말은 못 한다는 얘기를 듣는다. 물론 표현수단이 달라서 그럴 수 있다. 음성적 표현과 문자적 표현이 엄연히 다르기 때문이다. 그러나 전하고자 하는 메시지를 놓고 보면 이 둘은 둘이 아니라 하나다. "나는 배가 고프다"라는 메시지를 말로 한다고 해서 문자로 표현하는 것과 다른가. 아니다. 같다. 다만 사람에 따라 음성 감각이 뛰어난 사람이 있는가 하면, 문자 감각이 뛰어난 사람도 있기 마련이다. 음성 감각이 뛰어난 사람은 당연히 말을 잘 하고, 문자 감각이 뛰어난 사람은 당연히 글을 잘 쓴다.

말을 문자로 옮기거나 카톡 할 때 쓰는 글(문자와 이모티콘 등 포함한 글)과 지금 우리가 생각하려고 하는 글과는 개념의 차이가 있다. 하지만 이 둘의 근본은 같다. 다만 방식과 형식에 따라 달리 표현되는 것뿐이다.

이왕 말이 나온 김에 왜 '다르지만 같은지'에 대해 간단하게 짚어보고 넘어가자. 가령, 물을 접시와 대접에 담는다고 해보자. 액체 상태의 물을 대접에 담기에는 전혀 문제가 없다. 대접은 액체 상태의 물을 담을 때 그릇의 효용성이 뛰어나다. 반면 접시는 액체 상태의 물을 거의 담을 수 없다. 그렇다면? 어떤 방법이 있을까. 물을 고체 상태로 만들어 담아야 한다. 그런데 액체 상태의 것과 얼음은 모두 근본적으로 물이다. 그렇다면 액체를 '말'이라고 하고 고체를 '이모티콘'이라고 할 수 있지 않을까. 어차피 문자도 그런 의미로 받아들이기로 약속한 '기호'라는 점을 인정한다면, 이모티콘 역시 마찬가지다. 따라서 이모티콘도 아주 훌륭한 전달 수단이다.

물론 카톡은 보통 두어 줄에 불과하고, 글은 상황에 따라 분량이 상당한 만큼 시작하는 부담이 없을 수는 없다. 하지만 어떤 글이든 한 문장에서 출발한다. 한 꼭지의 글은 한 문장이 다음 문장, 또 다음 문장으로 이어지면서 이루어진다. 그리고 한 꼭지 두 꼭지가 차근차근 모이면 나중엔 책이 된다. 그러니 글쓰기가 너무 어렵다고, 책 쓰기가 남의 나라 이야기라고 생각하지 않았으면 한다. 그 구체적인 방법에 대해서는 차차 알아보겠지만, 여러분의 마음가짐에 따라 글도 쓰고 책도 쓸 수 있다.

이런 점을 종합하면 "말이 글이다"라는 명제 역시 상당한 설득력을 확보한다. 따라서 이 명제 역시 "글이란 카톡이다"란 명제와 함께 글이란 결코 어려운 것이 아니라 매우 쉽다는 사실을 강하게 뒷받침하는 논거이다. 그러므로 글쓰기가 어렵다는 말은 엄살일 뿐이다.

누구나 맘만 먹으면 카톡 하듯, 글을 쉽게 쓸 수 있다. 글쓰기에 대한 두려움이나 어려움은 실체가 있는 것이 아니다. 막연하게 우리 사이에 만들어진 오해일 뿐이다.

이상에서 살펴본 것처럼 글이란 사실 별거 아니다. 우리가 지금도 쓰고 있는 카톡과 같고, 지금 입으로 하는 말과 같다. 그렇다면 글이 어려운 것인가. 무턱대고 난 글은 못 써 하고 배수진을 쳐야 하는 일일까.

아니다. 거듭 말하지만, 글은 무척 쉽다. 물론 '잘' 쓰는 건 어렵다. 걸음마를 한 다음에 걷고, 그다음에 뛰는 게 인지상정이다. 초보자 다음에 어떤 사람이 있는지 생각해보자. 바로 숙련자다. '숙련'을 한자어로 쓰면 '熟鍊'인데, 熟 자는 '익힌다' '익숙하다'라는 의미이고, '鍊' 자는 '달군다' '단련하다'라는 의미가 있다. 이 말이 의미하는 바는 바로 열심히 계속 반복하여 익숙하게 하면 숙련자가 된다는 뜻이다. 글도 마찬가지다. 글을 잘 쓰려면 계속 반복해서 쓰는 것이 상책이다.

글쓰기를 시작하는 것은 특별한 준비도, 특별한 장소도, 특별한 시간도 필요하지 않다. 그냥 쓰면 된다.

2 글쓰기는 욕망의 발현이다!

글을 왜 쓰는지에 대한 질문을 내게 먼저 던져야 할 것 같다.

누구든지 글을 쓰는 제각각의 이유가 있겠지만 나는 밥벌이를 위해 글을 쓴다. 이를테면, 생계형 글쟁이다. 그래서인지 작가 김훈은 산문집 《밥벌이의 지겨움》에서 "문학이 인간을 구원하고, 문학이 인간의 영혼을 인도한다고 하는, 이런 개소리를 하는 놈은 다 죽어야 한다"고 일갈했다. 나는 이 말에 격하게 공감한다.

학창 시절, 나는 정말 '잠깐' 문학에 대하여 고민했었다. 하지만 법대를 강하게 원하셨던 부모님의 바람 때문에 나는 단 1초의 망설임도 없이 법대를 지원했다. 수석 합격이라는 희망을 품었다가 낙방이라는 망치로 한 방 얻어맞은 나는 인재를 몰라보는 그런

학교는 안 가는 게 더 낫다는 말로 눙쳤다. 그러면서 분루(憤淚)를 삼키며 재도전의 권토중래(捲土重來)를 노렸었다. 그런데, 지금 생각하면 아주 다행한 일이있었다. 재수 시절, 맹장염 수술이 잘못돼 복막염이 되면서 병원에 꽤 오래 입원하는 일이 발생했다. 급기야 이 사태는 나의 법대 진학 프로세스에 막대한 차질을 초래했다. 포기했던 대학 진학은 성적에 맞춰 문사철(文史哲)을 전공으로 선택하는 결과를 낳았다.

글을 왜 쓰느냐는 질문 앞에서, 그럴 리야 없겠지만, 만약 법대에 갔었다면 내 삶은 어떻게 되었을까, 잠시 생각해본다.

내가 글쓰기를 시작했던 것이 언제부터였을까. 대학에 들어가서부터가 아닌가 싶다. 한때 문학 공부를 한답시고 김승옥의 〈무진기행〉을 비롯하여 오정희의 〈중국인 거리〉, 이청준의 〈잔인한 도시〉를 베껴 썼었다.

모나미 볼펜을 꾹꾹 눌러 가며 작가의 주옥같은 문장을 200자 원고지(그때 나는 글은 '반드시' 원고지에 써야 하는 줄 알았다)에 메웠지만, 그 일이 나의 열망을 달래주지는 않았다. 나는 그러한 행위가 문학을 사치로 여겼던 젊은 날의 시대정신이라고 생각했다. 그런데 그게 아니었다. 최전방 철책선에서 나는 그게 소질 없음이었다는 사실을 깨달았다.

그런 내가 글을 다시 쓰게 된 것은 언론사 입사시험 준비를 하면서다. 복학하면서 취업형 인간이 될 수밖에 없었던 나는 국어, 영어, 상식은 그런대로 합격할 자신이 있었는데, 문제는 작문이었다.

서론-본론-결론, 아니면 기승전결로 구성을 도식화하여 작문 공부(나중에 문장공부법에서 나의 작문 공부법을 자세하게 설명한다)를 했던 기억이 난다. 수학에 도무지 재능이 없던 전교 1등이 수학도 암기해서 전 과목 1등급을 받듯이 나도 그런 노력을 했던 것 같다. 덕분에 나는 신문사와 잡지사, 출판사를 전전하며 글쓰기로 밥벌이를 하고 있다. '공부'로 접근했던 작문이 계기가 되어 지금도 책을 쓴답시고 노트북 자판을 열심히 두드리고 있으니 글쟁이라고 해도 틀리지 않은 것 같다.

그랬다. 지금 돌이켜 생각해보면 내가 문학에 잠시 빠졌을 때도, 언론사에서 일할 때도 마음 한구석엔 구체적으로 설명은 못 했지만, 뭔가 쓰고 싶은 충동이 있었던 거 같다. 그 충동이 결국 글 쓰는 직업을 갖게 했다. 그 직업을 통해 나는 글쓰기에 더욱 빠져들었다.

여러분도 '글을 왜 쓰는가'라는 질문에 대한 답이 나와 비슷하지 않을까 싶다. 글을 쓰는데 무슨 특별한 이유가 있을까. 구체적으로 말하기에는 힘들지만, 무엇인가가 나를 글쓰기로 이끈다.

몸과 마음에서 글을 쓰고 싶은 충동이 일어서 쓴다.

왜 그런 충동이 일어날까. 누군가에게 전하고 싶은 무엇인가가 있기 때문이다. 누군가는 나 자신을 포함한 타자들이다. 오늘 있었던 친구와의 말다툼일 수도 있고, 친한 친구와 하교하면서 실컷 떠들고 놀았던 수다일 수도 있고, 요즘 정치판에 대한 관전평일 수도 있고, 특정 주제에 대한 주장일 수도 있다. 아님. 시나 소설과 같은 문학일 수도 있다.

그런데 그런 것들을 말로 해도 될 터인데, 굳이 글로 쓰려고 하는 것일까. 말보다 글쓰기가 편해서일 수 있다. 말보다 글로 표현하는 것이 더 적절해서일 수 있다. 시간이나 장소 등 여건상 글로 써야 했을 수 있다.

글을 왜 쓰느냐고 물으면 '그냥 쓰고 싶어서 쓴다'는 게 정확한 답변이 아닐까 싶다. 그냥 쓰는데, 거기에 무슨 이유가 있겠는가. 1924년 에베레스트 정상 부근에서 실종된 영국 등반가 조지 말로리의 그 유명한 어록이 그래서 더 큰 공감을 불러일으킨다.

"산이 있어 그곳에 간다(Because it's there)."

'달리기를 수행'으로 여긴다는 소설가 김연수는 "사람들이 내게 왜 달리느냐고 묻는다면 나는 그냥 달리면 되기 때문이라고 대답했다 … 달리고 싶으면 달리고, 달리고 싶지 않으면 달리지 않으면 되는 일이었다. 왜 글을 쓰는가란 물음을 받았어도 그렇게 대

답했을 것 같다."라고 했다. (김연수의 산문집 《지지 않는다는 말》)

소설가 천운영은 경향신문 '천운영의 명랑한 뒷맛'이란 칼럼에서 "이해하고 싶어서 쓴다. 무언가를, 나를, 누군가를, 관계를, 현상을, 세상을, 하지만 이해하기 어렵다. 애를 쓴다. 애를 쓰고 쓰다 보면 소설이 마무리된다."라고 했는데, 여기서 소설 대신 '글'이란 말로 바꿔보자. 그렇다. 글쓰기는 아마도 세상을 알아가는 과정인지도 모른다.

소설가 강영숙은 "복수하고 싶어서, 실연해서, 존재감을 가지려고, 가만히 생각해보면 글이 떠올랐던 순간, 글이 쓰였던 순간의 이미지는 무엇인가에 절망해 맨바닥에 떨어져 있을 때 내 옆에 아무도 없었을 때였던 것 같습니다."(도서관협회 문학 나눔의 '행복한 문학 편지')라고 했다. 그러면서 그는 "그냥 살기 위해 씁니다. 우울함에 지쳐 나가떨어지지 않기 위해서요."라고 말한다.

'글을 왜 쓰는가'에 대해서는 《1984》의 작가 조지 오웰이 아주 명쾌하게 정리한 바 있다. 그는 〈나는 왜 쓰는가〉라는 수필에서 글쓰기, 적어도 산문에서는 네 가지 욕망이 있다고 했다.

① 순전한 이기심

똑똑해 보이고 싶은, 사람들의 이야깃거리가 되고 싶은, 사후에 기억되고 싶은, 어린 시절 자신을 푸대접한 어른들에게 앙갚음하고 싶은 등등의 욕구이다.

② 미학적 열정

외부 세계의 아름다움에 대한, 또는 낱말과 그것의 적절한 배열이 갖는 묘미에 대한 인식을 말한다.

③ 역사적 충동

사물을 있는 그대로 보고 진실을 알아내고, 그것을 후세를 위해 보존해두려는 욕구를 말한다.

④ 정치적 목적

여기서 '정치적'이라는 말은 가장 광범위한 의미로 사용되었다. 이 동기는 세상을 특정방향으로 밀고 가려는, 어떤 사회를 지향하며 분투해야 하는지에 대한 남들의 생각을 바꾸려는 욕구를 말한다.

아마도 우리가 글을 쓰는 이유는 여기 인용한 조지 오웰의 네 가지 욕구 중 하나나 두서넛, 아니면 모두 다일 수도 있다. 그런 점에서 글쓰기는 욕구의 발현이라고 할 수 있다. 그렇다. 글쓰기는 내 안에 있는 것을 바깥으로 드러내는 일, 즉 '발현'하는 것인데, 무엇을 발현할 것인가. 쓸데없는 농담이라 해도 그 '무엇'을 드러내고 싶다는 의지의 발현, 또는 생각의 발현이 아닐까.

3 그냥, 무조건 쓰라。

글을 쓰겠다고 맘먹기가 어려워 그렇지 사실 글쓰기는 시작하면 금세 별거 아니라는 걸 알게 된다. 그런데 글을 써보겠다고 맘먹기까지가 말처럼 쉽지 않다. 왜 그럴까.

아마도 사람들 대부분은 자신도 모르게 글 쓰는 행위를 아무나 할 수 없는 특정인의 전유물로 생각한다. 글쓰기 강의에서 수강생들의 하소연을 들어보면, 열에 일고여덟은 글쓰기를 자신과는 상관없는 아주 특별한 사람(잘난 사람)의 특별한 행위로 생각했다. 더욱이 평상시의 생활이 글을 쓰는 것은 물론이거니와 읽는 것과도 거리가 멀다면 '글'이라는 낱말조차 무척 낯설게 느끼고 있었다. 읽지도 않는데 하물며 '쓴다'는 것은 '도무지' 있을 수 없는 일이다. 그래서 글 한 번 써보라고 권유하면 반응은 한결같다.

"아휴! 글과는 담쌓고 사는데, 글은 무슨, 얼어 죽을!"

안 쓴다고 해도 될 걸 굳이 '얼어 죽을'이라는 극단적인 표현까지 동원하여 손사래를 친다.

그러나 이 책을 읽고 있는 여러분은 글 쓰고 싶은 충동을 갖고 있을 가능성이 크다. 그렇지 않고서는, 사실 얻을 게 별로 없을 뿐만 아니라 재미라고는 눈곱만큼도 없는 글쓰기에 관한 이 실용서를 읽고 있지는 않을 터이다.

글로 밥 먹고 사는 사람이라고 해도 글을 쓰기로 맘먹기까지는 고민에 고민을 거듭했을 것이다. 무작정 쓸 수 있다는 자신감으로 시작하지는 않았을 것이다. 어느 날 갑자기 글을 쓰고 싶어서 썼더니, 무척 잘 써졌고, 급기야 책까지 냈다. 그리고 폭발적인 인기를 끌었다. 이런 신화를 창조할 수 있는 사람이 몇이나 있을까. 아니, 과연 단 한 사람이라도 있을까 싶다.

특히 시나 소설 같은 문학이 아닌 바엔, 어느 날 갑자기 쓰고 싶은 충동을 느껴 글을 쓰기 시작하는 경우는 드물다. 어떤 계기가 생겨서 글쓰기를 시작했다가 "할 만하네" 싶어 계속 쓰고, 쓰다 보니 재미를 붙여 취미로 발전한다. 그러다 어떤 사람은 취미를 넘어 아예 하던 일을 그만두고 전업작가로 변신한다.

다른 분야의 일도 마찬가지이다. 스스로 만들든 누군가에 의해서 주어지든, 그 일을 어쩌다 한 번 해봤는데 생각보다 재미있었다. 또 할 만하다고 여기게 되어 관심을 두고, 그 일을 계속한다.

그런 점에서 글쓰기를 맘먹기까지, 한 번이라도 글을 써보는 계기가 생기는 것이 무엇보다 중요하다.

그 계기는 밖에서 누군가로부터 주어지는 경우라면 좋다. 거부할 수 없는 약간의 강제성이 부여된 글쓰기라면 더욱 좋다. 싫더라도 숙제하듯 억지로라도 글을 쓸 것이고, 이왕이면 능력을 최대한 발휘하려 할 것이다. 그 계기를 준 사람에게 적어도 부끄럽지는 않은 글을 써서 보여주고 싶어 한다.

이건 능력과는 무관하게 본성에서 우러나오는 바람이나 욕심이다. 수치심을 느끼길 좋아할 사람은 없다. 이때 자신이 글을 써본 경험이 전혀 없다는 점은 고려 대상이 아니다. 써야 해서 쓸 뿐이다. 그런데 글이 써지지 않으면 신기하게도 의외의 능력이 발휘된다. 위험한 상황에 부닥친 아기를 구하는 엄마처럼 초인적인 능력을 발휘한다. 다 쓰고 나서 읽어보면 정말 내가 쓴 글이 맞는지 의심이 들 정도로 잘 써진 경우가 많다. 이러면 그때부턴 자신이 글 쓰는 재능을 타고났다고 생각하며 약간 우쭐해질 수도 있다.

글쓰기를 시작할 땐 어떤 계기로 시작했다가 의외로 괜찮은 글을 쓰고 난 후의 우쭐함 같은 것이 매우 중요한 요소로 작용한다. 그 일을 계기로 또 쓰게 되고, 쓰기를 거듭하다 보면 어느새 글이

나의 주변에 있으면서 늘 달고 살게 된다.

물론, 글쓰기가 도무지 체질에 맞지 않는다면 어쩔 수 없다. 어쩌다 한 번으로 만족할 수밖에 없다. 평양 감사도 제가 싫으면 할 수 없지 않은가. 그럼 누군가에 의해서 글을 써볼 계기가 생기지 않는다면 어떻게 할까. 스스로 만들면 된다. 쓰고 싶은 충동 같은 게 있으면 좋겠지만 충동을 느낄 때까지 기다릴 것 없다. 그냥 한 번 써보는 거다. 이 글을 읽는 독자라면 지금 무조건 컴퓨터 앞에 앉거나, 컴퓨터가 가까이 없으면 핸드폰 '메모' 앱에라도 톡톡 써보자. 종이와 연필이 가까이 있다면 손글씨로 쓰는 것도 좋다.

그런데 약간의 강제성이 없어서 자칫 시작만 하고 곧 포기하거나 중도에 그만둘 우려가 상당하다고 생각되면 걱정할 것 없다. 스스로 강제성을 만들면 된다. 가족이나 주변의 지인들에게 글을 쓰고 있는데, 다 쓰고 나면 한 번 봐 달라고 미리 부탁하면 된다.

이럴 때 가끔 지인들에게 보여주겠다고 한 것이 부담감으로 작용하여 되레 글쓰기를 방해할 수 있다. 이해한다. 바깥에서 주어지든, 스스로 만들든 강제성은 부담감으로 작용하기 마련이다.

그렇더라도 무조건 끝까지 밀고 나가야 한다. 여기서 중요한 것은 일단 끝까지 가봐야 한다. 맘에 들든 안 들든 그건 크게 중요하지 않다. 한 줄이든 열 줄이든, 한 장이든 내가 의도한 만큼의 양을 써보는 것이 중요하다.

지인에게 보여줄 것인가, 말 것인가 하는 문제는 다 쓰고 나서 결정해도 늦지 않다. 약속이니까 당연히 보여주어야겠지만, 만에 하나 약속을 어긴다 해도 시쳇말로 죽을죄를 짓는 것은 아니다.

지금 당신이 쓰고자 하는 글이 어디 공모전에 제출할 글인가. 아님, 누군가가 어떤 일을 위해 활용해야 하는 글인가. 만약 그렇다면 그것대로 대응하면 된다. 지금 우리가 시작하는 글쓰기는 먹고사는 데 전혀 지장이 없다. 써도 그만, 안 써도 그만이다.

그럼, 무작정 쓴다고 하더라도 이제 문제는 무얼 쓸 것인가이다. 결론부터 말하면 이것도 고민할 것 없다. 지금 당장 머리에 떠오르는 생각을 소재로 삼으면 된다. 주제와 같은 것은 생각도 하지 마라. 문법은 더더욱 생각하지 마라. 이런 것들은 일단 글쓰기에 입문하고 난 다음에 고민해도 충분하다. 지금은 두서없더라도 머리에서 떠오르는 대로 써보자. 뭘 쓰겠다고 의도하지 마라. 정말로 생각이 이끄는 데에 따라 손은 글자를 쓰는 역할만 해보라.

그런데 사람의 생각이라는 것이 신기할 정도로 한 가지 주제로 수렴되게 마련이다. 글쓰기를 시작할 때 뭘 의도하고 쓰게 되면, 될 일도 안 되는 경우가 많다. 자꾸 그 주제가 생각을 지배하기 때문이다.

그래서 글쓰기를 시작할 때는 '자유 글쓰기'가 가장 효율적인 방법이다. 자, 머릿속에 떠오르는 생각이나 느낌을 글자로 써보

자. 앞에서 말했듯이 카톡 하듯 써보자. 그것이 바로 당신이 글쓰기에 입문하는 가장 빠르고 좋은 지름길이다. 지금 당장 시작해보자.

4 쓰고 싶고, 쓸 수 있고, 쓸 필요가 있는 글감을 찾아라

우리는 이제부터 글을 써야 한다. 그래서인지 갑자기 '무엇을 쓸 것인가?' 하는 문제가 큰 고민이다.

오늘 하교하다가 친구와 아이돌 이야길 하다 그만 싸웠던 일을 써볼까, 맛집을 찾아갔다가 1시간이나 기다렸지만 결국 못 먹고 돌아섰던 이야기를 그려볼까, 갑자기 입원한 부모님 간병기는 어떨까, 평소 고민하던 주제에 도전해볼까….

지금 당장 쓰고 싶은 여러분의 머릿속에 떠오르는 생각들이다. 좋다, 뭐든 좋다. 다 글감이 될 수 있다. 하지만 막상 이것을 글로 쓰려고 하면 상황이 달라진다. 이 글감에서 언급할 수 있는 구체적인 내용은 풍부한가, 독자에게 어떤 메시지를 전할 것인가 등

등, 내용과 주제를 생각하면 '무엇을 쓸 것인가'의 문제가 결코 가볍지 않다.

글감을 찾기 위해서는 우선 쓰고자 하는 글의 종류를 결정해야 한다. 시나 소설 같은 허구를 기반으로 하는 문학, 사실을 바탕으로 쓰는 수필이나 자기소개서, 일기, 서평이나 독후감, 여행기, 보고서, 블로그… 등 그 종류는 실로 다양하다.

일단 써야 할 장르를 정하면 거기에 맞는 글감을 찾아야 한다. 대부분의 사람은 머릿속에 떠오르는 생각이나 느낌을 가장 먼저 고려한다. 나와 가족 또는 학교나 주변의 일상에서 일어난 일, 사회적 이슈 등 다양한 것에서 글감을 찾는다. 어쨌든 내가 관심을 두고 있거나 나의 삶과 연관 지어지는 것에서 찾는다.

글로 밥벌이하는 작가나 기자도 마찬가지다. 소재는 결코 멀리 있는 것이 아니다. 우리의 삶과 아주 가까운 곳에 있다. 누구나 공감할 수 있는 소재로 생각해볼 그 무엇(주제)을 담아낸다.

그렇지만 단지 내가 관심을 두는 것이라고 해서 다 글감이 되는 것은 아니다. 독자의 관심을 끌 수 있는 흥미있는 것이 있는가, 독자가 의미 있다고 생각하는 정보가 살아있는가, 하는 점이 관건이다.

그렇고 그런 누구나 겪을 법한 이야기라면 아무리 열심히 쓴다고 한들 읽어줄 사람이 없다. 감동이든, 반성이든 아무튼 공감을 일으킬 만한 그 무엇이 있어야 한다.

"개가 사람을 물면 뉴스가 아니지만, 사람이 개를 물면 뉴스가 된다!"

기자들이 수많은 사건 중 어떤 것을 기사로 쓸 것인가 하는 문제를 설명할 때 으레 등장하는 고전적인 사례이다.

개는 사람이든 동물이든 무는 것이 본성이다. 그래서 개가 사람을 무는 것은 새로울 것이 없다. 개니까 사람을 문다. 다만 개에 물린 사람이 죽었다거나 부상 정도가 치명상일 경우엔 글감(기사)이 될 수 있다. 맹견 단속을 해야 한다거나, 순한 개라도 본성은 사나울 수 있으므로 조심해야 한다는 식의 예방 차원에서다.

반면 사람이 개나 사람을 문다는 건 일반적인 행태가 아니다. 있을 수 없는 일이다. 그래서 개가 사람을 문 것보다 사람이 개를 문 것이 매우 이례적인 경우여서 글감이 될 가능성이 훨씬 크다.

이렇듯 일반적인 상식으로는 일어나지 말아야 할 것 같은 특이성이 있는 일이라면 일단 글감으로는 안성맞춤이다. 이런 일은 우리 주변에서 생각보다 많이 일어난다. 눈 한 번 크게 뜨고 주변을 살펴보면 재미있는 일을 보게 된다.

아니면 평소 관심을 두고 있는 분야가 있다면 그 분야에서 글감을 찾는 것도 좋다. 아무래도 관심 있는 분야니까 책이든 뉴스든 관련된 단어만 나오면 눈을 크게 뜨고 반응하기 마련이다. 거기서 사람들에게 이야길 해주면 좋을 것 같은 아이템을 고르면 좋다.

책을 좋아하는 사람이라면 책을 읽고 나서 독후감을 쓴다든가, 여행을 좋아하는 사람이면 여행기, 운동을 좋아하는 사람은 운동 이야기가 훌륭한 글감이 될 수 있다.

우석대학교 문예창작학과 송준호 교수는 수필에서 글감을 찾는 방법으로 4가지를 들었다.

첫째. 나와 가까운 곳에 있는 것에서 찾으라고 했다.

자신이 겪은 일을 오랫동안 깊이 들여다보고 생각해서 나만의 것으로 만들어 글을 쓰라고 했다.

둘째. 작고 초라하며 남루한 것들을 글감으로 삼으라고 했다.

아무리 초라하고 남루한 사물이나 사건일지라도 관심이 있고 애정 어린 마음으로 대하되, 자신이 경험한 일이 아무리 하찮아 보여도 그것에 어느 정도 관심이 있고 얼마나 따뜻한 가슴으로 안아줄 것인가에 따라 글쓰기의 방향이 정해진다고 했다.

셋째. 나만의 눈으로 관찰한 것이 좋다고 했다.

독창적인 눈으로 바라볼 줄 알아야 좋은 글을 쓸 수 있다고 했다.

넷째, 나를 외롭고 쓸쓸하게 만드는 것을 찾아내라고 했다.

인간 존재의 본질인 외로움, 그 아픈 삶의 무게와 나를 외롭게 만드는 것이 무엇인지를 찾아서 그것을 쓰라고 했다. 그러는 과정에서 내 삶의 모습을 새롭게 발견하고 무엇을 쓸 것인가에 대한 해답을 쉽게 얻어 낼 수 있다고 했다.

하지만 이것만으로 글감을 고르기에는 충분하지 않다. 이 글감의 충분조건을 만족시키는 필요조건이 요구된다. 이미 여러분이 글감이라고 생각되는 것에 다음 세 가지 질문을 던져보고 그 질문에 모두 '예'라고 답할 수 있으면 최고다. 이 중 최소한 하나라도 '예'가 있어야 그나마 글감으로서 생명력을 얻는다.

글감이 떠오르면 여러분은 우선 '쓰고 싶은 주제인가'를 자신에게 물어봐야 한다.

어차피 내가 선택한 글감이라면 마음에 내키지 않는 글감을 선택할 확률이 낮겠지만 그래도 이 질문을 가장 먼저 던져야 한다. 요즘 화제라는 선입견 때문에 덥석 글감으로 선택할 수도 있기 때문이다.

세상 사람들이 관심 있어 하는 주제라 하더라도 내 마음이 내키지 않으면 그 글감은 나와는 인연이 없다고 여겨야 한다. 내키지 않은 글감을 놓고 끙끙거리는 것처럼 의미 없는 일이 없기 때문이다. 결과물 역시 기대 이하일 것이 뻔하다. 그렇다면 이런 글감은 과감하게 버려라. 여러분 말고도 쓸 사람이 많다.

두 번째는 '쓸 수 있는가?' 하는 질문이다.

쓸 수 없는 글감을 고르는 어리석은 사람은 없다. 그런데 가끔 세상 사람들에게 정말 폭발적인 관심이 있는 글감이라면 한 번 써보고 싶은 마음이 일기 마련이다. 그래서 덥석 시작하지만, 과욕이었다는 것을 느끼기에는 많은 시간이 필요하지 않다.

이럴 경우, 대부분 글을 시작만 하고 더는 진도를 나가지 못하고 끙끙대다 중도에 포기하기 일쑤이다. 이는 자신을 제대로 알지 못하는 데서 기인한 결과이다. 따라서 평소 자신의 독서력이나 취향, 관심도 등에 대한 전반적인 지적 역량을 점검해야 한다.

세 번째는 '쓸 필요가 있는가?' 하는 점이다.

아무리 쓰고 싶은 글감이라 하더라도, 쓸 수 있다는 자신감이 넘친다 하더라도, 쓸 필요성이 없는 글감은 죽은 글감이다.

글을 쓴다는 건 나 혼자 읽기 위해서인 경우도 있겠지만, 대부분은 누군가에게 읽힐 목적이 있다. 그런 점에서 정작 읽을 사람에게 의미 없는 글을 쓴다는 것은 헛수고나 다름없다.

따라서 내가 쓰고자 하는 글감이 지금 이 시점에서, 지금 이 상황에서, 지금 이곳에서 사람들의 입에 많이 회자될 수 있는가에 대해 따져보는 것은 당연하다.

누군가의 요구를 받고 억지로 쓰는 글이라도 일단 이 세 가지 질문은 유효하다. 직업적인 글을 쓸 때 자신의 의지와는 무관하게 글을 써야 하는 경우가 있다. 가령, 신문사 논설위원의 경우,

사설을 쓸 때 자신의 견해와 다르더라도 신문사 입장(논설위원들의 회의를 통해 논조를 결정한다)에서 논의한 내용을 기반으로 하여 사설을 집필한다.

어쨌든, 어떤 경우라도 글을 써야 할 때, 내키는 마음으로 사람들에게 필요한 글을 자신 있게 쓴다면 이보다 더 좋은 글쓰기 상황이 될 수 없으리라. 숙제로 쓰는 글이 이런 필요충분조건을 만족시킬 수는 없다고 하더라도 이런 질문을 해봐야 하는 이유는 자명하다. 가능하면 글쓰기 행위를 나의 자발적인 행위로 전환해야 결과물이 좋아지기 때문이다.

나는 가능하면 이 세 가지 질문에서 모두 '예'라는 긍정적인 답을 얻은 경우에만 글감으로 정하라고 추천하고 싶다. 그것만이 자신이 가장 원하는 최고의 글을 쓸 수 있기 때문이다. 다만 늘 세 가지 모두 만족시키는 글감을 찾기란 쉽지 않다는 점을 생각하여 단 하나라도 긍정적인 답을 할 수 있다면 무작정 쓰는 것보다 결과물이 좋아진다는 것은 분명하다.

결론적으로, 무엇을 쓸 것인가에 대한 대답은 너무도 자명하다. '모든 것'이 누구에게는 아주 훌륭한 글감이 될 수 있다. 다만 그 원석을 어떻게 깎느냐에 따라 다이아몬드가 되느냐, 이산화탄소 덩어리가 되느냐이다. 이왕지사 해야 할 일이라면 탄소덩어리보다는 다이아몬드를 깎아야 하는 게 인지상정 아닌가.

5 글은 엉덩이가 쓴다。

어떤 일을 하더라도 그렇겠지만, 특히 글을 쓸 때는 지금 하고 있는 일을 항상 의식할 필요가 있다. 그렇지 않으면 특별한 이유도 없이 귀찮거나 깜박했다는 이유로 지나치기 쉽다. 한 번 지나치는 일이야 당연히 있을 수 있다. 하지만 한 번이 두 번 되고, 두 번이 세 번 된다. 그러다 보면 "에잇, 모르겠다!" 하는 식으로 중도에 글 쓰는 일을 포기한다. 이 책을 쓰면서 굳이 '연재' 방식을 택했던 것도 나의 글쓰기 습관이 성실하지 않았음을 인지하고 있었기에 취한 방책이다.

누구나 이런 경험이 있을 듯싶다. 특히 새해를 맞아 담배를 끊는다, 뱃살을 뺀다는 계획을 세웠다가 작심삼일이 되었던 일. 마찬가지다. 글쓰기도 습관이 붙어야 탄력이 생기고 속도가 난다.

글쓰기 책이나 유명 작가들의 글쓰기 코칭에서 '매일 규칙적으로 써라'라는 꼭지를 꼭 집어넣는 것도 이런 이유에서다. 미국 소설가 스티븐 킹이나 한국 소설가 이승우 등 유명인의 글쓰기 책을 펴서 확인해보라. '매일 습관적으로 쓰라'는 내용을 반드시 포함하고 있을 뿐만 아니라 그것도 앞자리에 있다.

방학 숙제로 일기 쓰기를 해본 사람을 안다. 방학 초기에는 굳게 의지를 다진다. 어떤 일이 있어도 이번 방학에는 일기만큼은 밀리지 않고 매일 쓰겠다. 그런데 일기 쓰기의 결과는 아마 들어보지 않아도 뻔하다.

이런 점에 비추어 글쓰기를 매일 습관적으로 해야 하는 이유는 분명하다. 일상적인 수필 한 편을 쓴다면 앉은 자리에서 후딱 쓸 수 있다. 그렇지 않더라도 맘먹고 두서너 번 쓰면 완성할 수 있다. 그러나 특정 주제에 대해 호흡이 긴 글을 쓰거나 책을 쓴다고 할 경우엔 한 꼭지의 글을 쓰는 것과는 상황이 다르다.

홍명희의 《임꺽정》이나 황석영의 《장길산》, 조정래의 《아리랑》, 최명희의 《혼불》 같은 열 권짜리 작품들을 흔히 '대하소설(大河小說)'이라고 부른다. 여기서 '대하(大河)'는 중국의 장강(長江, 양쯔강)을 의미한다. 장강은 중국의 한가운데를 가로지르는 강으로 나일강과 아마존강에 이어 길이가 세계에서 세 번째, 아시아에서 최고다. 대하소설을 쓰는 것은 그만큼 긴 강을 항해하는 일과 같다는 의미이다. 그래서 프로작가들도 함부로 대하소설에 도전하지 못한다. 성실함과 지구력이 동시에 요구되는 매우 힘든 일이기 때문이다. 그런 점에서 지금 우리가 하고자 하는 글쓰기를 소설가의 대하소설 쓰기에 비유하는 것은 가당치도 않은 일이다. 한 권짜리 대 열 권짜리. 그렇지만 분량이 아닌 글쓴이의 기술로 비교한다면 가능하지 않을까. 아마추어가 온몸으로 한 장을 써나가는 것이 프로의 한 권 쓰는 것과 비슷한 공력이 아닐까. 이 무의미한 비유는 그만큼 독하게 맘먹고 써야 한다는 것을 강조하기 위함이다.

꾸준히 글을 쓴다는 것은 한두 꼭지 아니면 서너 꼭지의 글을 쓰는 마음가짐으로 할 수 있는 일이 아니다.

자서전을 쓴다고 해보자. 흔한 말로 누구나 자신의 삶을 소설로 쓰면 책 한 권으로도 부족하다고 말한다. 그만큼 쓸 소재가 많다는 얘기이다. 그래서 자서전을 쓰는 것은 하루 이틀에 끝날 작업이 아니다. 글을 늘 쓰는 프로작가라 해도 적어도 두세 달은 족히 걸린다. 하물며 글쓰기 초보자인 우리는 얼마 동안 써야 하는지 쉽게 가늠할 수 없다. 사람마다 다를 수 있지만 적어도 6개월은 걸린다고 보는 것이 합리적인 추론 아닐까. 글쓰기가 아직 낯설기도 하거니와, 기술도 생각보다 서툴기 때문에 이보다 더 걸린다고 하는 게 맞을 듯 하다.

초보자가 어떻게 명문을 구사하며 자유자재로 글을 쓰게 되는지 그 과정은 면허를 막 딴 초보운전자가 최고 드라이버가 되는 것과 흡사하다. 처음에는 1단 기어를 넣고 조심조심 서행하고, 조금 익숙해지면 백미러를 통해 좌우를 살피며 2~3단 기어를 넣어 주행하고, 더 익숙해지면 백미러는 기본이고 룸미러까지 보며 전후좌우를 확인하면서 5단 기어를 넣고 액셀러레이터를 힘껏 밟아 최고 속도로 달린다.

장기전인 글쓰기는 숙련됨과 함께 성실함과 지구력, 즉 엉덩이 힘으로 무장하지 않으면 끝까지 완주하기가 힘들다. 몸에 습관화시키고 또 반드시 해야 하는 일과 중의 하나가 되어야 끝까지 써낼 수 있다. 하루 중 특별한 시간을 정해서 반드시 쓴다는 원칙을 준수하라.

나는 가족들이 모두 잠들어 있는 새벽 시간에 주로 글을 쓴다. 고요할 뿐만 아니라 전화나 일상적 일과에 의해 글쓰기를 방해받는 일이 전혀 일어나지 않아 몰입하기에 최상이다. 출근이나 일 때문에 새벽이나 일과시간에 시간을 내기 어렵다면 저녁 잠자리에 들기 전에 일기 쓰듯 쓰는 것도 좋다.

그런데 조심해야 할 것은 하루에 쓸 일정량을 정해놓을 것인가, 아니면 양을 상관하지 않고 일정 시간 동안 쓸 것인가를 결정해야 한다. 많은 사람이 일정량을 정해놓고 작업하려고 하는데, 프로작가들도 사실 정해진 시간 안에 일정량을 쓰는 건 결코 쉬운 일이 아니다. 물론 전업 작가는 글 쓰는 일이 직업이기 때문에 이런 접근이 가능하다.

그러나 우리는 다르다. 글 쓰는 일만 하는 경우라면 감당할 수 있는 하루 목표량을 정해놓고 실천하면 된다. 그런데 글쓰기 초보자인 우리는 프로작가처럼 할 수 없다. 분량 채우는 데에 목적을 두면 일상의 일정에 영향을 미친다. 정한 분량을 채우려면 대부분이 예정한 시간을 훌쩍 넘길 것이고, 일정 분량을 못 채우면 부담스러운 일이 되어 스트레스를 받는다.

그건 바람직하지 않다. 다 삶의 질을 좋게 하려고 하는 일인데 스트레스가 되어서야 하겠는가. 그래서 처음에는 양보다는 시간을 정하라고 조언하고 싶다. 단 한 줄을 쓰던, 한 장을 쓰던, 아니면 아무것도 쓰지 못하던 일정 시간 동안 반드시 글쓰기와 씨름하도록 한다.

시간을 정해놓고 매일 습관적으로 글을 써나가면 자신의 글쓰기 속도를 감지할 수 있다. 아무리 애써도 한 줄 쓰기가 버겁고, 이틀 사흘, 아니 한 달이 지나도 늘 제자리걸음이어서 답답할 수 있다. 당연하다. 글쓰기 실력이 하루가 다르게 쑥쑥 는다면 직업을 작가로 바꾸어야 할 것이다.

글쓰기 실력이 늘지 않는다고 아우성치는 것은 대부분이 조급해서다. 우물에 가서 숭늉을 찾기 때문이다. 우리가 여기서 명심해야 할 것이 있다. 이 글쓰기를 반드시 끝내야 하는 시간이 정해져 있는 것이 아니라는 사실이다. 시쳇말로 내가 끝내고 싶을 때 끝내면 된다. 그러니 조급할 필요가 없다.

그리고 또 하나, 글쓰기를 즐겨라.《논어》「옹야편」에 보면 "아는 사람은 좋아하는 사람만 못하고, 좋아하는 사람은 즐기는 사람만 못하다(知之者 不如好之者 好之者 不如樂之者)"라고 했다. 그렇다. 즐기는 것은 싫증을 느끼지 않는다. 매일 새롭다. 지루할 틈이 없다. 즐기는 사람은 얼굴에 나타난다. 그러니 싫은 걸 억지로 하지 말란 이야기다. 다만 할 마음이 조금이라도 있으면 약간 소극적으로라도 시작하고, 시작하고 보니 내가 할 일이 아니다 싶으면 애당초 그만두는 것이 낫다. 싫은 걸 억지로 하려고 하면 힐링이 아니라 오히려 스트레스가 쌓인다.

그러나 소극적이지만 조금씩 써나가는 것이 재미있고, 긍정적인 마음으로 하루 이틀 반복되면 나도 모르게 습관이 되고, 그 습관은 한 권의 책을 자신에게 선물할 것이다.

[TIP 1] 글 쓰기는 읽기다

글쓰기 요령을 설명하는 글쓰기 책에서 열에 아홉이 맨 앞자리에서 강조하는 사항이다. 나도 예외가 아니어서 앞부분에 이 이야기를 꺼내겠다.

"글을 잘 쓰려면 읽기부터 하라."

글쓰기 책들이 왜 '읽기'를 강조하는 것일까. 읽기가 쓰기와 어떤 밀접한 관계가 있을까.

알다시피 독서는 필요한 교양과 지식을 얻고 나아가 삶을 위한 지혜를 얻을 수 있는 행위이다. 우리가 평소에 알고 있는 지식 중, 상당 부분은 책에서 얻은 앎이라고 해도 크게 틀리지 않는다. 내가 직접 그 책을 읽었거나 아니면 설령 읽지 않았다고 하더라도 그 책을 읽은 누군가의 말과 글을 통해 책에 들어있는 지식을 간접적으로 들었을 것이다. 그래서 그걸 기억하고 있다가 필요할 때 적절히 활용하여 알은체할 수 있다.

또 살다 보면 카톡이나 문자를 비롯하여 글을 써야 하는 경우가 많다. 글쓰기는 다양한 지식과 경험을 동원해야 하는 작업이다. 글쓰기에 필요한 지식이나 경험은 가능하면 글쓴이 자신이 직접 얻거나 겪은 것이 좋다. 사실적 묘사는 물론이거니와 생동감 있는 표현을 위해서 글쓴이 자신이 직접 겪은 것만 한 소재가 없기 때문이다. 그런데 글쓰기에 필요한 지식과 경험 모두를 우리가 직접 얻거나 겪을 수는 없다. 그렇다면 어떻게 그 다양한 지식과 경험을 얻을 수 있을까.

책에는 우리가 전혀 모르는 갖가지 다양한 지식과 기상천외한 경험들이 풍성하게 들어있다. 그러므로 책을 읽음으로써 지식을 쌓고 또 간접경험을 쌓을 수 있다. 독서는 다양한 지식과 경험을 얻기 위한 최적의 수단이다. 이것만 보더라도 글쓰기에서 읽기를 강조하는 것은 너무 당연하다.

그리고 글 쓰는 사람에겐 독서에서 얻을 수 있는 한 가지 덤이 더 있다. 책 읽는 행위가 곧 문장공부라는 점이다. 책을 읽다 보면 깊이 공감하며 마음속에 담아두고 싶은 좋은 문장을 만날 수 있다. 이런 문장은 거듭 읽고 또 되새기면 문장의 이치를 깨닫게 된다. 또 이런 표현을 닮아보려고 노력하는 과정에서 저절로 문장공부를 하게 된다. 이보다 더 좋은 문장공부가 있을까. 그러니 글을 쓰려면 읽기부터 하라고 강조하지 않을 수 없다.

나는 나의 현재 직업이 '저술가 겸 출판저널리스트'여서 그런지 '책을 어떻게 읽느냐'는 질문을 자주 받는다. 혹자는 책을 그냥 읽으면 되지 '어떻게'라는 게 있느냐며 되레 이해가 안 간다는 반응을 보이기도 한다. 양쪽 모두의 반응에는 나름대로 의미 있는 지적이다.

책을 전혀 읽지 않은 사람이 막상 책을 읽으려고 하면 어떤 책을 어떻게 읽어야 할지 막막하다. 여기서 '읽는다'라는 행위가 단지 글자를 읽어나간다는 것을 의미하지 않는다는 것은 누구나 다 안다. 책을 왜 읽어야 하고, 어떻게 읽는 것이 도움 될 것인가 하는 효용성에 대한 질문이다. 물론 그냥 읽으면 된다는 사람의 반응 역시 나름대로 이유가 된다. 책에 쓰인 대로 읽고 느끼면 그만이지 읽고 느끼는 것에 요령이 있지 않기 때문이다.

그래서 어떤 비결보다는 나의 독서법을 털어놓은 것이 질문자의 대답에 더 적절할 것 같다. 나는 책을 그냥 닥치는 대로 읽는 편이다. 처음부터 거창한 목적을 정해놓고 읽지는 않는다. 무엇을 어떻게 읽을 것인지는 크게 의식하지 않은 터여서 집이나 회사, 또는 서점에서 눈에 띄는 책을 집어 든다. 독서의 목적과 방법을 너무 의식하면 독서 자체가 너무 경직되고, 책을 고르는데 시간이 너무 많이 들어가기 때문이다. '장고 끝에 악수'라는 바둑 격언처럼 많은 시간을 들인다고 해서 꼭 맘에 드는 책을 고르는 것도 아니다. 어떤 경우엔 읽어야 할 책을 선택하지 못하기도 한다.

그 때문에 나는 눈앞에 보이는 책 중에서 일단 호기심을 끄는 책을 선택한다. 말도 안 된다고 타박할 사람이 있겠지만, 독서를 해보면 그 이유를 알 것이다.

책을 다 읽고 나면 크게 두 가지 생각이 든다. 책을 잘못 선택했거나, 책이 궁금증을 불러일으켰을 경우이다.

책을 잘못 고른 경우에는 다시 처음 시작하는 것처럼 호기심을 일으키는 책을 골라서 읽어나가면 된다. 혹 책을 잘못 고른 덕분에 그 책을 읽는 동안 읽고 싶은 책이나 분야가 생길 수도 있다. 그렇다면 원하는 책이나 분야의 도서를 선택하여 읽는다. 책을 읽으면서 궁금증이 생긴 경우엔 굳이 따로 설명하지 않아도 되리라. 궁금증을 해소해 줄 수 있는 책을 찾아서 읽으면 되니까.

그런데 재미있는 현상은 이렇게 특정 분야만을 고집하지 않고 호기심과 궁금증을 쫓아 책을 읽다 보면 어느 즈음에 자신의 독서 좌표가 애초 출발한 지점에 다시 와 있다는 사실이다. 내가 생각하고, 또 추구하고 싶은 가치관이 반영된 질문의 답을 찾기 위한 책 선택이기 때문에 결국 그렇게 회귀한다. 해서 독서 코칭에는 사실 특별한 게 없는 셈이다. 결국, 나 자신이 스스로 독서 이력을 만들어나가게 한다.

독서에 특정한 목적이 있다면 시작이 좀 다를 것이다. 필요성에 따라 주제가 이미 정해져 있기 때문이다. 그렇다면 그 주제에 맞는 책을 골라 읽으면 된다.

책을 읽을 때는 그냥 눈으로 글자만을 보지 말고 꼼꼼하게 읽으면서 행간까지 읽어내는 것이 좋다. 물론 읽으면서 곧바로 행간까지 읽어내려면 한 권 읽는 데 상당한 시간이 걸리고, 또 인내

력도 필요하다. 그렇더라도 많은 책을 읽기보다는 한 권이라도 제대로 읽어야 한다.

책을 읽을 때 나는 질문하면서 읽는다. 특정 주제에 관하여 끊임없이 질문하고 답하면서 책을 읽고 생각하다 보면 그 책의 행간에 숨겨진 의미까지 와 닿는다.

또 하나, 나는 책을 읽으면서 중요한 부분에 밑줄을 긋는다. 다 읽고 나서는 밑줄 친 것만 따로 리뷰하면서 행간의 의미를 찾는다. 궁금증이나 특정 부분에 대한 감상은 그때그때 책의 여백에 메모하는 방식이 좋다. (책을 신처럼 고이 모시려는 사람에겐 책에 밑줄을 긋거나 메모란 있을 수 없는 일인지도 모르지만, 나는 줄 치고 메모하며 지저분하게 책을 읽는 것이 최상이라고 생각한다) 책을 읽다가 특정 부분에서 떠오른 생각은 바로 그때 메모하지 않으면 잊게 마련이다. 그래서 곧바로 메모하는 것만이 생각을 오롯이 건질 수 있다.

독서 방법은 각자의 요령이 있게 마련이다. 내가 여기서 미주알고주알 얘기할 성질의 것이 아니다. 다만 글을 쓰기 위해서는 '반드시' 책을 읽어야 함을 강조하기 위해 나의 방법을 털어놓은 것이다.

▶▶▶

가능하면 짧게 쓰는 것이 전달하고자 하는 메시지를
"쉽고, 빠르고, 정확하게" 전달할 수 있다.
문장이 길어지면 억지로라도 제지하는 지혜가 필요하다.
"짧게 쓰라"는 것도 그런 의미에서 강조되는 글쓰기 요령이다.

CHAPTER 2

문장이란 무엇인가?

1. 문장론
2. 문장 훈련법
3. 첫 문장 쓰기
4. 좋은 문장은 읽기가 담백하다
5. 문장 구성은 이정표와 설계도를 만들어라

1 문장론。

내 몸은 문장을 알고 있다

나는 '카톡이 글이다'에서 '전하고자 하는 메시지'를 '음성'으로 하면 '말'이고, '글자'로 쓰면 '글'이다는 취지의 이야기를 한 바 있다. 이번 글 '문장론' 꼭지도 이를 바탕으로 삼아 전개하겠다.

문장론을 설명한다고 해서 거창한 이론을 말하려 한다고 지레 짐작하지 말길 바란다. 나의 글쓰기 논리의 핵심은 글이란 결코 거창한 것도, 어려운 것도, 잘 써야 하는 것도 아니라는 점이다.

이렇게 말하면 대다수 글쓰기 책들이 무슨 소릴 하느냐고 귀를 쫑긋 세울지도 모르겠다. 물론 그러한 책들이 주장하는 내용이 잘못됐다는 이야기가 결코 아니다. 나와 관점이 다르다는 의미다. 나는 우선 글쓰기와 친해지는 입문과정을 먼저 이해하고 나서 그다음에 '잘' 쓰는 요령을 배워야 한다고 생각한다.

글을 잘 쓰는 것은 어느 정도 글을 쓸 줄 아는 사람에게 해당하는 이야기이다. 그런데 처음부터 문법적 오류가 없는 명문을 쓰라고 하면 과연 초보자가 그걸 감당할 수 있겠는가. 그런 점에서 보면 시중에는 글쓰기 입문에 관해 다룬 책이 드물다. 대부분이 글을 '잘' 쓰는 것에 목적을 두고 있다. 하지만 입문부터 하는 것이 순서가 아니겠는가. 나의 문제의식은 바로 여기에 있다. 일단 입문부터 하자.

축구를 배운다고 해보자. 처음부터 공을 잘 다루는 사람은 없다. 손이 아니고 발이기에 더 어렵다. 그러나 반복 훈련을 하다보면 어느순간 공이 발에 찰싹 달라 붙는다. 그러면 공을 갖고 놀 수 있게 된다.

글쓰기도 마찬가지다. 경험과 연륜이 쌓이면 '잘' 쓰는 요령이 필요할지도 모른다. 사실 이 점에 대해서 나는 약간의 이견이 있다. '잘' 쓰는 건 요령으로 된다기보다는 글쓴이 스스로 문장에 대해 고민하고 써보고 또 써보며 진화시켜 나가면서 자연스럽게 이루어지는 것이다.

그런 점에서 나의 '문장론' 역시 지극히 상식적이고 평범한 것이라는 점을 미리 밝혀둔다.

문장이란 무엇인가. 사전의 풀이부터 보자. "생각이나 감정을 말과 글로 표현할 때 완결된 내용을 나타내는 최소의 단위"라고 되어 있다. 다시 말해 두 개 이상의 단어가 모여 완결된 내용을 만드는 것이 문장이다. 가령, "나는 간다"처럼 두 개의 단어가 모여 완결된 내용을 만들고 있는 것을 문장이라 한다.

그럼 문장을 이루는 기본 단위인 단어는 무엇일까. 네이버 국어사전에는 단어를 "분리하여 자립적으로 쓸 수 있는 말이나 이에 따르는 말"이라고 설명한다. 쉽게 말하면 개별적으로 의미와 기능이 있는 것인데, 의미를 훼손하지 않고 다시는 분리할 수 없는 최소한의 단위인 셈이다. 더 분리하면 자립적으로 의미를 갖지 못하는 글자이다. 예를 들면, '떡', '이야기책', '기와집' 같이 사물을 나타내는 말, '철수', '영희'와 같은 고유명사, '빨갛다', '슬프다' 같이 속성을 나타내는 것들이 모두 단어다. 단어의 뒤에 붙어서 문장에서 그 단어의 역할이 무엇인지 표시해주는 '은', '는', '이', '가' 같은 조사도 그 자체로 하나의 단어다.

단어는 의미를 나타내는 단위이니, 우리가 표현하고자 하는 사물이나 생각을 표현하는 적당한 단어를 찾아내는 것부터가 사실 글쓰기의 시작이다.

우리는 특별한 생각 없이 이미 알고 있는 단어를 무의식적으로 골라서 사용하지만 어떤 단어를 선택하느냐는 생각보다 중요하다. 특정 단어의 빈번한 사용은 곧 그 사람의 말글살이를 상징적으로 보여주는 것이어서 글의 스타일은 물론 글이 나아가는 흐름까지 영향을 미친다. 시인이 단어(시어) 하나를 찾기 위해 몇 날, 며칠을 지새운다는 말은 과장이 아니다.

그런데 우리가 글을 쓸 때 단어가 어떻고, 문장이 어떻고… 하는 사항들을 의식하는가. 글을 쓰다 특정 단어를 찾기 위해 골몰하기는 하지만 대부분 단어는 무의식적으로 글이나 말에 호출돼 나온다.

내가 말과 글이 표현수단이 다를 뿐 결국 같은 것이라는 말을 의식하고, 특히 말할 때를 생각해보자. 평소 말할 때 이런 요소들을 의식한 적이 있는가. 이런 것들을 문법적인 측면에서 고려하는가. 아마도 거의 없을 것이다. 말하면서 뭔가 이상하다고 느낄 때 상대방도 이상하다고 느끼면서 신기하게도 거의 정확하게 그 의미를 알아듣는다. 영 이상하면 말이 배배 꼬인다고 표현한다. 하지만 누구도 그게 문법적 오류라고 생각하지 않는다.

영화 〈내부자들〉에서 열연한 배우 이병헌의 명대사, “모히토 가서 몰디브 한잔할 거니까”를 예로 들어보자.

이 말을 두고 KBS 〈개그콘서트〉 ‘일대일’ 코너에서 배우 이병헌의 이름을 따 ‘이병원’이란 이름표를 가슴에 달고 출연했던 개그맨 이세진이 “장난 지금 나랑 하냐”며 농치는 것을 비롯하여 사람들 사이의 일상 대화를 어순을 바꿔 패러디하는 진풍경을 연출한 적이 있다.

이 대사는 정확한 것은 모르는데(정확한지조차 구분하지 못한다) 어디서 주워들었던 것은 있어서 잘난척하려다 되레 우스운 꼴이 되는 것을 풍자한다.

그런데 나는 여기서 글이 결코 말과 다르지 않다는 점과 나아가 별거 아니라는 것을 설명할 수 있는 중요한 단서를 발견했다.

나는 배우 이병헌의 대사보다 개그맨 이세진의 발언이 더 설득력 있게 다가온다. 이병헌의 대사에서는 '모히토'와 '몰디브'가 뒤바뀐 상황이다. 그런데 '모히토'가 칵테일 이름이고 '몰디브'가 나라 이름이라는 사실을 알지 못하면 이 말은 전혀 어색하지 않다.

반면 이세진의 발언 "장난 지금 나랑 하냐"는 "지금 나랑 장난하냐"는 의미로 주어와 서술어의 위치가 뒤바뀌었다. 그렇지만 우리는 이를 두고 주어와 서술어가 뒤바뀌었다고 말하지 않는다. 그냥 말이 조금 어색하다고 느낄 뿐이다. 그런데 우리가 글을 쓸 때 이렇게 하면 반응은 말할 때와는 사뭇 다르다. 글에서는 문법 체크기가 스스로 발동하기 때문이다.

그럼 왜 말할 때는 이를 따지지 않다가 글쓸 때는 따지는가. 나는 이게 바람직하지 않다고 생각한다. 원칙적으로는 말이나 글이나 문법을 생각해야 하고, 문법적 오류를 저지르지 않도록 해야 한다. 하지만 이는 요즘 유행어 내로남불(내가 하면 로맨스 남이 하면 불륜)과 같은 어법이다. 문법 요소가 잘못돼도 말은 괜찮은데 글은 안 된다?

그런데 우리가 말에 대해서 문법의 적용에 관대한 것은 아마도 알게 모르게 상당 부분 문법을 정확하게 인지하고 있기 때문이다. 머리로 설명할 수는 없어도 몸은 이미 문법을 알고 있다. 말을 하다 문법적 오류를 저지르면 몸은 느낀다. 내가 지금 낯설게 말하고 있구나 하고 말이다.

그런데 그 문법이라는 잣대가 결국 글에 적용되는 문법이라는 사실이다. 무언가를 평가할 때는 기준이 되는 무엇인가가 있어야 하는데, 우리가 말에서 문법적 오류라고 지적하는 것은 결국 글의 문법으로 판단하는 것이다.

그런데 재미있는 것은 글을 교정 또는 수정할 때 소리 내어 읽으면 문맥의 흐름을 파악하는 것은 물론이거니와 문법적 오류를 쉽게 찾는다. 그렇다면 글의 문법은 말의 문법에서 비롯되었다고 할 수 있다. 아마도 한글을 기반으로 하는 말이 글보다 먼저였다는 점에서 결국 문법적 규칙은 말(소리)에서 비롯된 셈이다.

그렇다면 글쓰기를 시작할 때 말하는 것처럼 하면 덜 부담스러울 수 있다. 말이 곧 글이고, 글이 곧 말이라는 명제는 특히 글쓰기 초보자에겐 구세주 같은 역할을 한다. 글은 쓰기 쉽지만, 선뜻 시작하지 못하는 부담감을 줄여주기 때문이다.

그럼, 말이 정말 글과 같은 것인지를 확인하고, 나아가 말을 통해 글을 써보는 연습을 해보자.

먼저 글로 쓰고 싶은 내용에 관해 누군가와 이야기를 나누면서 녹음을 한다. 그리고 녹음을 재생하여 들으면서 그대로 받아 적는다. 분량은 5분을 넘지 않는 것이 좋다. 녹취록 작성은 생각보다 시간이 오래 걸린다. 쓰거나 타자하는 속도가 말의 속도를 따라가지 못해서 자꾸 되돌려 들어야 하기 때문이다.

다 된 녹취록을 읽어보면, 처음에는 '역시 말과 글은 다르다.'라는 생각이 들 것이다. 주어와 술어가 제대로 호응하지 않는다. 같은 말을 계속 반복하거나, 말버릇, 추임새가 남발되는 것을 볼 수 있다. 이런 것들, 즉 내가 읽기에 불필요하다고 느껴지는 것을 제거하거나 불편하게 느껴지는 부분을 나름대로 편안하게 느껴지도록 고쳐보라. 그게 글이다. 다만 그런 경우 그 글을 구어체(口語體)라 한다. 이는 입말체, 말하는 것처럼 쓴 글이다. 연설문이 대표적인 예이다.

이왕 얘기가 나온 김에 글을 쓸 때 주로 사용하는 문어체(文語體), 즉 글말체에 대해서도 한 번 생각해보자. 흔한 예로, 논문과 같은 글을 연상하면 된다.

그렇다. 글쓰기의 가장 기본적인 단위인 문장은 단어를 말하는 것처럼 조합하면 된다. 문법 요소들을 전혀 의식하지 않더라도 단어들을 조합하는 데 어려움이 없다. 그래서 글은 누구나 쓸 수 있다.

쉽고, 빠르고, 정확한 문장이 좋다.

우리가 글을 쓰는 목적은 "다른 사람에게 메시지(생각이나 의견)를 전달하기" 위해서이다. 말로 해도 되겠지만 그렇게 할 수 없을 땐 불가피하게 글을 쓸 수밖에 없다. 그렇다면 메시지의 효율적인 전달을 위하여 필요한 조건은 무엇일까.

아마도 '쉽고, 빠르고, 정확하게'가 아닐까 싶다. 독자가 일단 글을 그냥 읽기만 하면 이해할 수 있는 문장을 구사해야 한다. 간혹 한 번 읽어서는 도무지 무슨 말인지 이해가 가지 않는 문장을 만난 적이 있을 것이다. 그럴 때 어떤 생각이 드는가. 좀 쉽게 쓰면 안 될까 싶었을 것이다. 전문적인 지식이 있어야 이해가 가능한 것이어서 일반인들이 읽기에 어려운 것은 어쩔 수 없다. 하지만 평범한 내용임에도 잘 독해가 되지 않는다면, 그건 독자의 문제가 아니라 글쓴이의 문제이다. 쉬운 걸 어렵게 썼기 때문이다.

메시지 전달에서 '빠르게 전달'하는 것이 매우 중요하다. 평범하고 쉬운 문장으로 되어 있어서 그냥 읽으면 이해가 될 줄 알았는데, 막상 읽고 나니 그렇지 않다. 비유와 상징 때문에 그렇다면 또 다른 문제이겠지만 비유나 상징이 없음에도 이해가 되지 않는다면 그것 역시 글쓴이에게 문제가 있다.

메시지를 '정확하게' 전달해야 하는 것은 굳이 강조하지 않아도 될 만큼 중요한 요소이다. 흔한 말로 한글은 '아' 다르고 '어' 다르다. 그래서 단어나 문장을 제대로 구사해야 정확하게 전달할 수 있다.

여기까지 읽은 독자들은 뭔가 이상하다는 느낌을 받았을 것이다. 그렇다. 지금까지 내가 줄기차게 말해왔던 것과는 사뭇 다른 주장이기 때문이다. 글을 쓸 때 문법 같은 것은 따지지 말고 무조건 쓰라고 했었는데, 메시지를 '쉽고, 빠르고, 정확하게' 전달하기 위해서는 제대로 된 문장을 구사해야 한다고 말하는 게 아닌가.

맞다. 그건 우리가 궁극적으로 지향해야 할 목표이다. 하지만 지금 글쓰기에 나섰거나 시작하려고 맘먹은 우리에겐 여전히 나의 '그냥 쓰라'는 메시지가 유효하다. 그런데도 여기서 '문장의 구조'에 대해 설명하려고 하는 것은 향후 제대로 된 문장을 쓰기 위함이다. 그런 점에서 문장이 어떻게 구성돼 있는지 살펴보는 것도 의미가 있다. 하지만 그보다는 앞에서 설명한 바 있듯 우리 몸이 이미 알고 있는 문장을 재확인한다는 의미가 더 크다.

해서 앞에서 말했던 '문장론', 즉 '내 몸은 문장을 알고 있다'라는 명제를 다시 한 번 상기하면서 문장의 기본 형식에 관해 설명하고자 한다.

여러분에게 문장 형식에 관해 이야기하라고 하면 쉽게 설명할 수는 없겠지만 내 설명을 듣고 나면 금방 이해할 것이다.

문장에는 정해진 형식이 있다. 그 형식을 제대로 갖출수록 의미를 쉽고 빠르고 정확하게 전달한다. 흔히 이야기하는 문법에 맞는 문장 형식이다.

문장의 기본 형식 세 가지를 살펴보겠다.

- 주어+서술어
- 주어+목적어+서술어
- 주어+보어+서술어

이 중 가장 기본적인 형식은 '주어+서술어' 문장이다.

"아이가 걷는다."

이 문장은 주어인 '아이'와 서술어인 '걷는다'가 만나 하나의 문장을 형성한다. 아이가 걷는 모습이 어떤 모습일까와 같은 궁금증이 없는 것은 아니지만 거의 궁금증이 생기지 않는 완결형 문장이라고 할 수 있다.

그럼 이 문장은 어떤가.

"아이가 먹는다."

당장 궁금증이 생긴다. '무엇을' 먹는가이다. 해서 이 문장이 흠결을 안 가지려면 뭔가, 즉 '무엇을'에 해당하는 것이 문장에 들어가야 한다.

"아이가 과자를 먹는다."

보다 완결형 문장이 되었다. 여기서 '과자를'은 서술어인 동사 '먹는다'라는 행위의 목적을 나타내는 단어, 즉 목적어이다.

그래서 이 문장은 '주어+목적어+서술어' 형식을 띤다.

그럼 앞의 문장은 추가로 필요한 것이 없는데, 뒤의 문장은 왜 목적어가 필요할까. 그것은 동사의 상태 때문이다. 앞의 동사, '걷는다'는 누군가의 도움이 따로 필요 없다. 스스로 동사의 역할을 한다. 즉 자동사이다. 그런데 나중의 문장은 '먹는다'라는 서술어 앞에 목적어가 있어야 비로소 제 역할을 한다. 즉 남의 도움이 필요한 타동사이다.

그런데 우리는 이렇게 도식적으로 설명을 할 수는 없어도 몸으로는 이 같은 사실을 정확하게 알고 있다. 개그맨 이세진의 "장난 지금 나랑 하냐"라는 말을 듣는 순간, 저 사람은 왜 말을 저렇게 할까, 웃기려고 그러는구나, 라고 생각하면서 너무도 자연스럽게 "지금 나랑 장난하냐"라고 받아들인다.

그런데 자동사나 형용사 중에도 간혹 혼자서 제구실을 하지 못

하는 것이 있다. '되다'와 같은 동사와 '아니다'와 같은 형용사가 그 예이다.

"아이가 되었다."

이 문장은 읽자마자 궁금증이 생긴다. '무엇이' 되었다는 얘기인지 말이다. 그러므로 이 '무엇이'를 보충해주는 말이 필요하다. 즉, 초등학생이 되었다는 얘기인지, 대학생이 되었다는 얘기인지를 알려주기 위해 '무엇이'를 넣어야 문장이 완결된다.

"아이가 초등학생이 되었다."

어떤가.

문장에 흠결을 찾아볼 수 없다. 동사 '되다'를 완전하게 도와주는 역할을 하는 단어나 구절을 그래서 '보어'라고 한다. 이 문장은 '주어+보어+서술어' 형식을 띤다.

이제까지 살펴본 '주어+서술어', '주어+목적어+서술어', '주어+보어+서술어'의 세 가지가 문장의 기본 골격이라고 할 수 있다.

이제 문장이 어떻게 구성되는지, 우리가 하는 말이 문장 구조를 정확하게 반영하고 있다는 사실을 확인했을 것이다. 그러니 굳이 내가 쓴 문장이 제대로 된 것일까 하며 애를 태우는 일은 하지 않기를 바란다. 그리고 우선은 생각이 시키는 대로 경쾌하게 글을 써나갔으면 한다.

문장은 꾸밈 받는 것을 좋아한다

'문장'이란 말을 넘어 '문장의 구조'를 이야기하고 보니, 자칫 이 글 역시 나도 모르게 문법적으로 가는 것은 아닌지 경계심이 생긴다. 물론 글쓰기란 주제를 놓고 이야기하다 보면 문장은 물론이거니와 문법이나 품사(명사, 동사, 형용사 등)와 같은 용어를 사용할 수밖에 없다. 그런데도 나는 이런 것들을 최소화하면서 한껏 입말체 글을 구사하겠다는 생각엔 변함이 없다.

하지만 '문장론' 세 번째 꼭지에서 몇 가지 문법적 용어들을 불가피하게 사용할 수밖에 없음을 미리 밝힌다.

앞의 글 '문장의 구조'에서 보았듯 문장의 기본 형식은 매우 간결하다. 주로 서너 단어가 문장의 기본 구조를 이루는데, 심하면 한 단어로도 충분하다.

가령, "간다!"라는 문장을 보자. 쓰고 보니 이것저것 궁금한 것들이 많다. '누가' 가는 건지, '어디로' 가는 건지, '왜' 가는 건지, '무엇을' 하러 가는 건지, '언제' 가는 건지, 그야말로 육하원칙(누가, 언제, 어디서, 무엇을, 어떻게, 왜)의 모든 요소가 궁금증을 불러일으킨다. 그렇지만 문장 맥락상 생략해도 독자가 충분히 알아들을 수 있다면 거두절미하고 한 단어 문장을 써도 전혀 문제 될 게 없다. 앞에서 누가 언제 어디로 무얼 하러 왜 가는지에 대한 서술이 있었다면, 굳이 여러 단어를 나열할 것 없이 "간다"라는 한 단어 문장을 써도 독자가 잘못 읽을 이유가 전혀 없다.

이렇게 간단한 몸피를 자랑하는 것이 문장이지만 책 등을 통해 만나는 문장은 그렇지 않다. 간결한 것보다 어느 정도 살이 통통하게 오른 모습을 하는 것이 대부분이다.

그런데 작고한 작가 박상륭은 문법 용어로 '만연체'를 썼는데, 그 몸피가 상상을 초월한다. 읽다 보면 끊임없이 쉼표와 괄호가 등장할 뿐 좀처럼 '~다.'라는 마침표를 만나기는 쉽지 않다. 그의 이 같은 문체는 작가의 의도 아래 작품을 써 나가는 중요한 수단으로 기능했기에 지금 우리의 글쓰기에서는 논의 대상이 아니다. 하지만 그 문장의 길이만큼은 타의 추종을 불허하는 길이를 구사한다는 점만 기억하자.

그럼, 문장은 왜 길어질까. 그 이유에 대해서는 여러 가지가 있겠지만, 문장도 누군가에게서 수식되기를 좋아하는 속성이 있기 때문이다. 즉, 수식어를 두고 싶어 하기 때문이다.

사실 수식어를 설명하려면 '관용어'와 '부사어'라는 문법 용어가 또 불가피하게 동원돼야 한다. 다시 말해 명사나 대명사 등 체언을 수식하는 것을 '관용어'라 부르고, 동사나 형용사 등 용언을 수식하는 단어를 '부사어'라 부른다.

그러나 솔직히 이런 문법 요소는 학창 시절 국어시험 문제에서나 요긴할지 모르지만, 평상시 말글살이에서는 굳이 이름조차 기억하지 못한다 해도 전혀 불편하지 않다. 또한, 글을 쓸 때 이런 문법 요소들을 하나하나 따지면서 쓰지 않는다. 더욱이 앞의 '문장론'에서 얘기했듯 우리의 몸은 이런 것들을 어떻게 사용해야 하는지 이미 정확하게 알고 있다.

다시 본론으로 돌아가, 문장이 왜 수식하기를 좋아하는지 알아보자.

"나는 간다"라는 문장은 단 두 단어가 서로 마주 보고(주어와 서술어로 호응) 서 있다. 그런데 이 둘은 너무 가까이에서 바라봐야 하는 민망함에서인지 자꾸 그 사이에 뭔가를 두고 싶어 한다. 그래서 "나는 집에 간다"라고 하고 싶어진다. 그러다 보면 맨 앞의 주어 '나는'도 누군가가 자신을 수식해주기를 바란다. 그래서 문장은 "피곤한 나는 집에 간다"가 된다. 그것뿐이겠는가. "피곤한 나는 안락한 집에 간다" → "피곤한 나는 가족들이 있는 안락한 집에 간다" → "피곤한 나는 가족들이 있는 안락한 집에 뛰어간다".

이렇듯 문장을 구성하는 주어나 목적어, 서술어, 보어는 부족한 부분을 채우거나, 의미를 보다 명확하게 하고 싶어 하는 속성이 있다. 불명확한 상태에서 누군가에게 전달되는 상황을 견디지 못한다. 문장은 언제나 자신의 정체성을 명확히 드러내야 제맛을 낸다고 생각한다.

또한, 문장은 관심종자(관심 받는 것을 즐기는 사람)처럼 행동하길 좋아한다. 누군가를 유혹하기 위해서 꾸미기를 좋아하는 것이다.

예를 들어보자. 그냥 '아이'이기보다는 '예쁜 아이'이고 싶고, 그냥 '빵'이기보다는 '달콤한 빵'이고 싶다. 그냥 '먹는다'보다는 '맛있게 먹는다'이고 싶다. "예쁜 아이가 달콤한 빵을 맛있게 먹는다" 이 정도로 끝날까. 아니다. 문장의 꾸밈 욕심은 끝이 없다.

그냥 '아기'와 '먹는다'가 만난 문장이 "예쁜 아이가 달콤한 빵을 맛있게 먹는다"로까지 몸을 불렸는데도, 더 불리고 싶어 하더니만 "옆집 사는 예쁜 아이가 할머니가 준 달콤한 빵을 누가 빼앗아 먹을까 봐 힐끔힐끔 눈치를 보며 맛있게 먹는다"까지 된다. "아기가 빵을 먹는다"라는 세 단어로 시작했던 문장은 무려 17단어 문장으로 불어나면서 고도비만 형태를 보여준다.

그런데 어떤가. 이 고도비만 문장을 읽고 나면, 내가 강력하게 주장하는 "쉽고 빠르고 정확하게" 의미가 전달되는가. 의미가 분산되고 있음을 느낄 것이다. '아이'만도 '예쁜 아이'인데, '옆집에 사는 예쁜 아이'가 되면서 나름 자체적으로도 하나의 문장을 이루기에 충분하다. "옆집에 예쁜 아이가 있다." '빵'도 '달콤한 빵'을 넘어 '할머니가 준 달콤한 빵'이 된다. 역시 따로 한 문장을 구성하기에 부족함이 없다. "할머니가 달콤한 빵을 주신다." '먹는다'도 보자. '맛있게 먹는다'에 '누가 빼앗아 먹을까 봐 힐끔 눈치를 보며'가 달라붙었다. 이 문장 역시 나름대로 하나의 문장으로 손색이 없다. "누가 빼앗아 먹을까 봐 힐끔힐끔 눈치를 보며 맛있게 먹는다."

문장 역시 다이어트가 필요하다. 지나치게 비만인 문장은 여러 가지 부작용을 초래한다. 이 문장의 중요 포인트가 '아기'인지, '빵'인지, '먹는다'인지 도무지 감을 잡지 못하게 만든다. 다이어트를 조금 해서 "아이가 빵을 누가 빼앗아 먹을까 봐 힐끔 눈치를 보며 맛있게 먹는다"라고 하면 아이는 먹는 행태에 포인트를 주는 문장이 된다. "아이가 달콤한 빵을 맛있게 먹는다"라는 '빵'이 맛있다는 의미를 강조한 것이 된다.

그래서 글쓰기 책 치고 "짧게 쓰라"는 경구를 담지 않은 것이 없다. 가능하면 짧게 써야 전달하고자 하는 메시지를 "쉽고, 빠르고, 정확하게" 전달할 수 있다. 문장이 길어지면 억지로라도 제지하는 지혜가 필요하다. 나중에 설명하겠지만 "짧게 쓰라"는 것도 그런 의미에서 강조되는 글쓰기 요령이다.

꾸미더라도 적당히 해야 한다. 입체적인 분장 수준으로 꾸몄다가 지웠을 땐 정작 민낯이 낯설 수 있다. 뭐든 지나치면 해롭듯 적당하게 해야 한다.

그럼 문장을 수식(꾸밈)하는 기본적인 원칙이 무엇인지 알아보자. 눈을 예쁘게 하고 싶으면 화장을 눈에 하지 코에 하지 않는다. 문장도 이치가 똑같다. 꾸미고자 하는 말 바로 앞에 꾸밈말을 위치시키는 것이 가장 효율적이다. 그렇지 않고 저 멀리 위치시키면 도대체 무얼 꾸미는지 알 수 없게 되어 의미가 불분명하게 된다. 가끔 문학에서 쉼표 등을 활용하여 꾸밈말을 저 멀리 위치시키는 때도 있는데, 생활 글에서는 굳이 이 같은 방법을 사용할 필요가 없다는 것이 나의 생각이다.

수식어 사용도 어려운 문법 용어를 동원해 설명하지 않더라도 글을 쓰다 보면 저절로 좋은 요령을 터득하게 된다. 별다른 요령을 습득하지 않더라도 몸이 알아서 수식어를 사용하여 문장을 '아름답게' 완성한다.

그냥 참고 사항으로 말하는데, 보통 적당한 한 문장의 길이를 30~50자라고들 한다. 200자 원고지 3줄을 넘기지 말라고 한다. 이렇듯 문장을 쓰면서 기술이 하나둘 쌓이면 나중에는 문장을 자유자재로 꾸미는, 시쳇말로 문장을 갖고 노는 마술사가 된다.

2 문장훈련법。

최고의 문장훈련은 베껴 쓰기다

글의 기본 요소인 단어가 모여 만들어지는 문장 쓰기는 글쓰기의 첫 출발이다. 그러므로 이 문장 구사력이 글쓰기의 성패를 가르는 중요한 요소로 작용한다. 해서 나는 개인적으로 큰 효과를 보았던 문장공부법인 '베껴쓰기(필사)'를 강력 추천한다.

나는 학창 시절 교과서 이외의 책은 거의 읽지 못하면서 지냈다. 집에 한문으로 된 서적이 많이 있었지만 '신식' 도서는 거의 없었기 때문이다.

아마 일반 책이 서너 권 정도는 있었던 것 같은데, 글쟁이들이 가진 활자중독증 같은 것이 없었던 탓에 나는 그 책에 관심조차 주지 않았다. 그래서 교과서 말고 읽었던 책을 굳이 꼽으라면 할아버지께 한문을 배우며 읽었던 〈천자문〉과 같은 한문책 말고는 없었던 것 같다.

또한, 나는 글쟁이들의 학창 시절 독서 이력에 반드시 등장하는 〈세계문학 전집〉이나 〈한국문학 전집〉은 물론이거니와, 어린이나 청소년 잡지의 존재조차 몰랐다. 그냥 존재감 없이 학교만 열심히 다니는 샌님이었기에 나는 다른 곳으로 시선을 돌릴 줄도, 학교와 교과서 밖으로 뛰어나갈 줄도 모르는 융통성 없는 학생이었다. 그러니 문학 따윈 애당초 나의 관심 밖 세계였다.

그랬으니 응당 나는 고등학교 때까지만 해도 글을 써서 밥을 먹고 살 것이라고 꿈에도 생각하지 않았다. 그런 내가 글과 친해지기 시작한 것은 대학교 3학년 때였다. 군 복무를 마치고 복학하면서 진로를 결정해야 했는데, 그때 글과 가까이할 수밖에 없게 되었다. 대학원에 진학하고 싶은 마음이 아예 없었던 것은 아니었다. 하지만 가정 형편상 어렵다는 생각에서 일찌감치 그 꿈을 접었다. 지금 생각하면 대학원에 일단 진학했으면 어떻게든 꾸려나갈 수 있었을 텐데 하는 아쉬움이 들기는 하다. 대신 내가 세웠던 목표는 신문이나 방송사의 기자가 되는 것이었다.

내가 입사시험을 치르던 시절, 언론사 입사시험 과목은 국어, 영어, 상식, 그리고 작문이었다. 여느 과목은 늘 해오던 방식으로 공부하면 될 터인데, 문제는 작문이었다.

글을 써본 적도 없고, 글을 써보려고 맘먹기조차 해보지 않았던 터여서 나에게 글쓰기는 난공불락의 성처럼 높아 보였다.

그런데 그 무렵 언론사 입사시험을 준비하는 사람들 사이에 신문의 사설이나 칼럼을 베껴 쓰는, 요즘 말로 필사(筆寫)하면 글쓰기 공부에 효과가 있다는 소문이 있었다. 정보에 무척 둔감한 나에게도 그 비법이 다행히 전달되었다. 아마도 그 비법은 내가 알았으므로 언론사 공부하는 사람 모두가 알았을 것이다.

나는 매일 사설 한 꼭지 필사하는 것으로 작문 시험을 준비하기로 했다. 매일 쓸 만한 사설 한 편을 골라 정성스럽게 원고지(그때 나는 글은 반드시 원고지에 써야 한다고 생각했다)에 필사했다. 하지만 한 달이 되도록 이 필사는 공부가 된다는 느낌이 전혀 들지 않았다. 글쓰기 실력이 향상되기는커녕 괜한 시간만 낭비하는 것은 아닌지 하는 회의감마저 들었다. 그래도 나는 달리 다른 방법이 없었기에 쉬지 않고 이 방법을 고수할 수밖에 없었다.

그러다 어느 날 문득 몸이 반응을 보이기 시작했다. 친구들과 얘기를 나눌 때 나도 모르게 사설이나 칼럼에서 자주 베껴 쓴 단어를 자연스럽게 활용하고 있었다. 어떤 주장을 하기 위해 그 주장을 뒷받침하는 논거를 찾으려 애쓰고 있었다. 그뿐이 아니었다. 신문을 읽거나 방송을 듣다 보면 다음 문장이 연상되곤 하였는데, 신기하게도 일치하는 경우가 많았다. 또 문장의 패턴이 눈에 들어오고, 글의 구성이 보이기 시작했다.

필사를 시작한 초반에는 필사했던 사설의 내용을 억지로 기억하려고 해도 거의 기억하지 못했다. 내용을 의식했다기보다 단순히 필사하는 데만 집중해서 그런 것 같았다. 그러다 두어 달 정도 지났을 무렵에는 내용도 제대로 인식해야겠다는 생각에 소리 내어 읽으며 필사하면 어떨까 하는 생각이 들었다. 하지만 도서관에서 소리 내어 읽을 수 없어서 입술로만이라도 낭송하듯 하면서 필사했다. 결과는 대만족이었다. 필사하고 나면 필사한 사설의 내용을 거의 기억할 수 있었다.

그때 나는 매일 학교 도서관 정기간행물실에서 아침 신문을 펼쳐놓고 설레는 마음으로 필사할 사설을 고르곤 했었다. 그러던 어느 날 필사 방법을 한 단계 업그레이드해보고 싶었다. 해서 나는 필사를 끝낸 다음 머릿속의 기억에만 의존하여 필사한 사설을 그대로 다시 써보는 작업을 해보았다.

물론 처음에는 아무리 많이 기억한다 해도 그대로 복기하지는 못했다. 그러나 복기 연습이 거듭되면 될수록 비슷하게 복기하는 양이 늘어나더니만 어느 순간엔 거의 70% 정도까지 복기가 가능해졌다. 아마 나도 모르게 암기가 됐던 것 같았다. 한 번 베껴 써보고 사설의 상당 부분을 암기할 수 있었던 것은 내가 암기력이 뛰어나서 그런 것이 아니었다. 자연스럽게 문장의 구조와 논리의 흐름을 알았기 때문이었다. 뜻도 모르고 억지로 외우려면 기를 써도 어렵지만, 그 원리를 알고 외우면 한 번만 제대로 읽기만 해도 기억이 오래가는 것처럼 말이다.

그런데 재미있는 것은 토씨까지 정확하게 일치하는 글을 복원하지는 못했다. 분량을 비슷하게 하려다 보니 중간중간 내 생각이 곁들여져 있었다. 복기한 사설을 다시 읽는 것은 곧 내가 쓴 새로운 사설을 읽는 것 같은 느낌이 들었다.

그러다 문득 나는 사설 말고 다른 글을 필사하고 싶은 강한 충동을 느꼈다. 사설에서 만나는 단어나 내용이 너무 정치적이고 사회적인 것일 뿐만 아니라 주장을 담은 강건체 일색이었기 때문에 뭔가 변화를 주고 싶었다.

그래서 시도한 방법이 문화적인 내용을 담은 칼럼을 필사하는 것이었다. 정치적이고 사회적인 이슈를 다루는 것과는 또 따른 느낌이 들었다. 한편으론 문청(문학청년)이라면 으레 해야 하는 문학작품 필사를 시도했다. (고등학교 때 소설가나 시인의 꿈을 살짝 꾸기도 했다.) 학창시절 필사한 적이 있는 김승옥의 「무진기행」, 황석영의 「삼포 가는 길」, 오정희의 「중국인 거리」, 이청준의 「잔인한 도시」를 다시 한 번 필사했다(나는 그때 필사했던 원고지 뭉치를 지금도 가문의 보물로 갖고 있다).

사설이나 칼럼과 달리 문학작품 필사는 하루에 한 꼭지씩 끝내는 것이 아니었지만 인과관계를 만들어가며 글을 전개하는 것에 푹 빠져 신문 연재소설을 접하는 것 같았다. 하루 30분씩 시간을 정해놓고 필사하다 보니 내일 필사할 내용이 궁금하여 문학작품을 필사하는 시간이 기다려지곤 했다.

그 덕분인지 작문 시험 준비 막바지엔 시사 이슈를 주제로 실제 내 글을 써보기 시작했는데, 제법 썼다는 생각이 들었다. 이건 필사의 덕이 분명했다. 그래서 나는 이후 글쓰기를 공부하는 사람을 만나면 필사를 비밀병기처럼 권유한다.

한편, 앞서 나는 글쓰기에 처음 입문한 사람에게 무조건 쓰라고 권유했었다. 문법 같은 것은 아예 따지지 말고 쓰고 싶은 대로 써보라고 했다. 이건 글쓰기가 별거 아니라는 자신감을 가지라는 의미에서 제안하는 1단계 전략이다.

글을 쓰면서 문법을 분석적으로 고민하지는 않는다. 대부분이 무의식적으로 맞춰서 쓴다. 사실 글쓰기 자체가 그렇다.

그런 점에서 필사로 문장연습을 하는 것은 의미가 있다. 좋은 문장이나 기억할 만한 문장을 필사하면서 문장의 구조를 몸으로 익혀 자신도 모르게 글을 쓸 때 활용할 수 있기 때문이다.

그런데 나는 필사는 가능하면 손글씨로 하라고 권한다. 몸으로 익힌 것은 잊어버리지 않는다. 가령, 자전거를 배워 타다가 오랫

동안 타지 않았다고 해서 자전거 타는 법을 잊어버리지는 않는다. 세월이 흘렀어도 몸은 그 기술을 고스란히 갖고 있다. 해서 나는 필사도 손으로 하는 것이 컴퓨터 자판을 두드리는 것보다 효과적이라고 생각한다.

물론 컴퓨터 자판이라고 해서 도움이 안 되는 것은 아니다. 다만 불가피하게 컴퓨터를 이용해야 한다면 타이핑을 천천히 두드리는 것이 좋다. 무의식으로 춤을 추듯 자판을 두드리면 머리로 문장의 묘미를 느낄 새가 없다. 머리가 손으로 자판을 치는 속도를 따라가지 못하기 때문이다. 굳이 손으로 글씨를 쓰라고 하는 것은 머리로 베껴 쓰면서 생각하는 시간을 갖게 한다. 눈으로 읽고, 손으로 쓰면서 읽게 된다. 결국, 한 번의 행위로 두 번 읽게 되는 것이기 때문에 효과가 좋다.

그럼 어떤 문장을 필사할까. 요즘 서점에 나가 보면 인기 있는 시와 소설, 에세이의 주옥같은 구절을 추려서 베껴 쓰도록 한 책이 많이 나와 있다. 최근 몇 년 새 필사 열풍이 불기도 했다. 그런 필사용 책도 좋다. 하지만 굳이 필사용 책을 따로 살 필요는 없다. 자신이 인상 깊게 읽었던 시집이나 소설도 좋고, 인문학이든 교양 과학이든 상관없다. 물론 신문도 최고의 텍스트이다.

필사를 해보면 느끼겠지만, 매우 지루한 작업이다. 해서 필사하는 문장이 자신이 좋아하는 내용이나 글귀면 지루함을 덜어준다.

결론적으로, 문장력을 향상하는 데는 필사처럼 좋은 방법이 없다. 나의 주관적 경험이라 일반화의 오류를 저지른다고 지적할 수도 있는데, 문청들도 즐겨 사용하는 문장공부법이라는 점에서 내 경험의 일반화는 정당성을 확보한다. 필사의 힘을 믿어보자.

소리 내어 읽으며 고쳐 쓰기!

문장훈련법으로 '필사(베껴 쓰기)'가 매우 유용한 방법이라고 앞에서 말했다. 그런데 이 문장공부법은 '남의 글'을 가지고 그대로 '베껴 쓰기' 하는 공부이다. 이번에는 내 글을 갖고 문장공부를 하는 방법에 대해 알아보자.

우선 용어에 대해 정리부터 하고 넘어가자. 이번 글의 주제는 '고쳐 쓰기'인데, 자칫 '퇴고'와 어떻게 다른지 헷갈릴지도 몰라서다. 우리는 흔히 '퇴고'는 글을 다 쓰고 난 뒤에 '글을 고치는 행위'로 이해한다. 여기에서 나도 역시 그런 의미로 사용한다. 다만 문장공부 차원에서 고쳐 쓰는 것을 말하므로 '퇴고'라는 용어를 쓰기엔 뭔가 적절하지 않다는 생각이 들어 '고쳐 쓰기'라고 했다.

다시 본론으로 돌아와 문장공부법에 대해 알아보자.

문장공부는 사실 어떤 비결이 존재하지 않는다. 아무리 좋은 방법이라고 해도 문장력 향상은 결국 나 자신이 직접 쓰지 않고서는 이루어지지 않는다. 아무리 돈이 많은 사람이라 할지라도 밥은 직접 먹어야 하고, 숨은 직접 쉬어야 하듯 문장 쓰기도 누군가가 대신해줄 수 있는 것이 아니다. 혹자는 밥 먹는 것은 다른 사람이 대신해 줄 수 있는 것 아니냐고 할지 모른다. 그럼 밥을 씹어서 넘기는 것도 누군가가 대신해 줄 수 있는가. 아니다. 아무리 돈이 많고 절대군주라 하더라도 반드시 자신이 스스로 해야만 하는 일이 있다. 그런 것 중의 하나가 문장 쓰기이다. 내가 아닌 남이 대신 써주면 그건 내 문장이 아니라 남의 문장이 된다.

그래서 문장공부는 스스로 할 수밖에 없다. 그런데 이 문장은, 잘 쓰려면 자꾸 써보는 수밖에 달리 방법이 없다는 점이 사람을 곤혹스럽게 한다.

내가 이 책에서 하는 이야기들이 '비법'처럼 들릴지도 모르겠다. 그러나 비법은 단 하나도 없음을 단언한다. 다만 공부를 하더라도 무작정하기보다는 효율적일 수 있는 '요령'을 소개하는 정도로 이해했으면 한다.

그럼 내 글로 하는 문장공부에 관해 알아보자.

일단 글을 한 편 쓴다. '글 한 편'이란 말에 화들짝 놀라 처음부터 기죽인다고 생각하지 마시라. 무슨 내용이든 상관없다. 길이가 얼마나 되던 괘념치 마시라. 중요한 전제는 자신이 직접 쓴 글이면 좋다.

그럼 주변에 널려 있는 소재를 택해 글을 쓴다. 생각나는 대로 보이는 대로 느끼는 대로 써나간다. 맞춤법이든 구성이든 논리이든 그 어떤 것도 상관하지 말고 그냥 쓴다. 시쳇말로 개발새발이어도 상관 없다. 어쩌면 개발새발이면 더 좋다. 처음부터 너무 긴 글은 부담스러우니 짧게 써라. A4 용지 반 장 정도가 적합하다. 대신 줄 간격을 크게 벌려 놓자.

다 썼으면 그 글을 출력한다. 출력하지 않고 컴퓨터 화면에서 직접 작업하는 것은 한계가 있다. 문장이 어떻게 고쳐지는지 표시하기도 쉽지 않다. 피디에프 파일을 활용하면 가능할지 모르겠는데, 무조건 출력하여 작업하는 것이 효율적이다.

출력했으면, 이번엔 빨간색 펜을 든다. 시각적인 효과를 높이기 위해서다. 출력물이 검정 글자이기에 검은색 펜으로 표시하면 평면적인 느낌이 드니까, 다른 색깔을 활용하면 고친 곳이 잘 보일 뿐만 아니라 입체적인 느낌까지 들게 한다.

다 준비가 되었으면, 내가 쓴 글을 색깔 있는 펜으로 표기하며 고친다. 혹자는 글을 쓸 줄 모르는데 어떻게 문장을 고치느냐고 할지 모르겠는데, 누구든 문장을 고칠 수 있다. 그러므로 그런 고민은 살짝 붙들어 매고 고쳐보자.

문장을 고칠 때 교정부호를 사용하면 효율적인데, 꼭 필요하지는 않다. 내가 알아볼 수 있으면 된다. 몇 가지 기본적인 교정부호는 학교 다닐 때 원고지 사용법을 배우면서 접했을 것이다. 그 기억을 떠올려 사용하자. 다만 지금 우리는 퇴고법을 배우는 것이 아니라 문장훈련을 하고 있다는 사실을 염두에 두자. 그러니 문장 교정부호까지 생각할 여력이 없다. 나 스스로 알아볼 수 있으면 그만이다. (자주 사용하는 교정부호는 TIP2 참조)

[TIP 2] 자주 사용하는 교정부호

교정부호	쓰임	고치기 전	고친 뒤
	띄어쓰기	아버지가방에	아버지가 방에
	붙여 쓰기	아버지가 방 에	아버지가 방에
	한 글자 고치기	아버자가 방에 (지)	아버지가 방에
	줄 잇기	아버지가 오셨다. 곧바로 방에 들어가셨다.	아버지가 오셨다. 곧바로 방에 들어가셨다.
	줄 바꾸기	아버지가 말씀하셨다. "얼른 밥부터 먹어라."	아버지가 말씀하셨다. "얼른 밥부터 먹어라."
	글자빼기	아버지가가방에	아버지가 방에
	앞뒤 순서 바꾸기	방에 아버지가 들어가셨다.	아버지가 방에 들어가셨다.

▶▶▶

이때 요령은 소리 내어 읽으면서 어색한 부분이나 어울리지 않는 단어 등을 고친다. 굳이 소리 내어 읽으며 고치라고 한 것은 앞에서 말한 바 있는 '말이 곧 글이다'라는 명제를 생각해보면 그 이유를 알 것이다. 그냥 눈으로 읽는 것보다 소리내어 읽다보면 무의식적으로 어색하거나 잘못된 부분을 몸이 먼저 인지한다. 또 눈으로 읽기도 하지만 입으로 읽으면 또 한 번 읽는 셈이어서 잘못되거나 고치고 싶은 부분을 더 빨리 쉽게 알 수 있다.

무엇을 고칠 것인지는 고치고 싶은 것 모두이다. 뭐든 고치고 싶으면 고친다. 앞에서 이야기한 바 있는 '문장의 기본 구조와 수식'에 대한 기본 지식도 동원하면 잘못되고 어색한 부분을 쉽게 찾을 수 있다. 고치는 것도 나름의 생각과 방식으로 하면 된다. 누구의 도움도 필요 없다. 스스로 문장의 원리를 터득하는 과정이기 때문에 모든 것을 스스로 해야 한다. 그런데 재미있는 것은 나중엔 결국 모든 사람이 공감하는 문장을 쓴다. 문리를 깨닫기 때문이다.

사실 이 작업을 실제 해보면 상당히 재미있다. 지금까지는 글을 쓰기만 했지 쓴 글을 고쳐보지 않았기 때문에 의외의 즐거움이 덤으로 갖게 된다.

고친 흔적이 많은가. 빨간색으로 했다면 피바다를 만들었을 것이다. 만약 그렇지 않다면 소홀히 했다는 증거다. 어떤 문장이라도 고치려고 맘먹고 덤비면 다 고칠 수 있다. 그 어떤 명문이라 하더라도 읽는 사람이 누구냐, 어떤 맥락에서 읽느냐에 따라 고칠 것이 나오게 마련이다.

아무튼, 고친 표기가 몇 개이든 간에 고침 작업이 끝나고 나면 이 표기를 반영하여 글 전체를 수정한다. 아까 글 길이를 짧게 하라고 했던 이유는 바로 다시 쓰기를 해야 하는데, 이게 너무 길면 부담스럽다. 공부고 뭐고 간에 양에 굴복하면 될 일도 안 된다.

다시 썼으면 그걸 다시 출력한다. 그리고 펜은 잡지 말고 그냥 소리 내어 읽어보라. 어떤가. 초고보다는 좀 자연스럽다는 느낌이 와 닿을 것이다. 그러면서 어떤 부분에서는 또 고쳤으면 하는 생각이 들 것이다. 그렇더라도 일단 끝까지 다 읽는다. 문장을 왜 고쳐야 하는지 그 이유를 알게 될 것이다.

뭔가 달라졌다는 느낌이 강하게 들면서 머리가 쭈뼛 곤두서는 느낌을 받았다고 과정이 끝난 것은 아니다. 고친 글을 사용하여 처음에 했던 방법처럼 같은 프로세스로 또 진행한다. 사용하는 텍스트는 반드시 방금 고쳐 쓴 글로 진행한다. 그래야만 문장이 어떻게 진화하면 좋은 문장이 되는지 그 이력을 알게 되기 때문이다. 이런 식으로 서너 번만 해봐도 훨씬 더 좋은 문장으로 개선되었음을 느낄 수 있다.

이 '고쳐 쓰기'는 문장에 대한 만족감이 들 때까지 계속한다. 그런데 신기한 것은 다 고쳤다고 생각했지만, 읽으면 읽을수록 계속 고칠 것이 나온다.

일단 처음 해본 작업에 어느 정도 만족했다면 다시 초고를 쓰고 작업한다. 이렇게 반복하다 보면 처음에는 문장이 좋아진다는 것을 느끼다 어느 순간 그게 그거 같다는 정체기를 만날 것이다. 그렇더라도 계속 반복하다 보면 어느 순간 자신의 문장 구사력이 향상되었음을 발견할 것이다.

그렇다면 꼭 자신이 쓴 글로만 해야 하는가. 반드시 그런 것은 아니다. 다른 사람의 글로도 가능하다. 다만 자신이 직접 쓴 글보다는 그 효과가 적다. 그런데도 불가피하다면 남의 글로 고쳐 쓰기를 해보는 것도 문장공부에 도움이 된다.

신문사에 다니던 시절 우리 신문은 석간이어서 점심을 먹고 나면 조금 한가했다. 이때 특별히 할 일이 없으면 방금 나온 신문을 펴서 적당한 칼럼 하나를 골라 빨간펜, 그것도 빨간 사인펜으로 칼럼을 난도질하곤 했었다. 이것이 취미 아닌 취미였다. 글이라면 내로라하는 고수인 신문사 논설위원이 쓴 글이라 하더라도 사인펜만 들이대면 고칠 게 수두룩했다. 말 그대로 쉽게 피바다를 만들 수 있었다. 햇병아리가 감히 머리 허연 논객의 글을 고칠 수 있는가 하고 반문할지 모르겠는데, 거듭 얘기하지만 어떤 글이든 누가 하든 꼭 고칠 게 있다. 그러므로 걱정하지 말고 아무 글이나 선택해도 무방하다. 그리고 다음에는 내가 쓴 글로 하면 된다. 수정사항을 반영해 직접 쓰기를 반복하여 만족할 때까지 계속한다.

또 한 가지 간편한 방법이 있다. 생활 속에서 늘 사용하는 카톡을 하거나 문자를 보낼 때도 이 방법을 활용한다. 카톡이나 문자를 다 썼다고 생각되면 대개 초음속으로 '보내기'를 누르는데, 그렇게 하지 말고 다시 한 번 읽고 고쳐서 보내도록 해보자. 이렇게 습관을 들이면 이 또한 좋은 문장공부이다.

문장은 연습을 많이 한 자 앞에 장사 없다. 쓰고, 고쳐 쓰고를 반복하다 보면 어느 순간 문장의 마술사가 되어 맘껏 문장을 주무르는 글쟁이가 되어 있을 것이다.

3 첫 문장 쓰기

첫 문장의 세 가지 역할

페이스북에 글을 올리면서 첫 문장을 놓고 이렇게 고민한 적이 있다.

① "어제 옛날 신혼여행지로 주목받던 유서 깊은 온양 관광호텔에서 '자서전 쓰기' 특강을 하고서 오늘은 모처럼 여유 있는 일요일을 보내고 있었다. 그런데 이른 저녁을 먹고 아내와 산책하러 나갔다가 기분 잡치는 행태를 목격했다…"

② "결코, 일어나서는 안 될 일을 나는 목격했다. 어느 아파트

단지에서나 일어날 법한 일이기는 하나 내가 사는 아파트 단지에서 그런 일어나리라고는 전혀 생각하지 못했다."

페이스북에서 더 읽고 싶도록 마음을 이끄는 첫 문장은 ①, ②번 중 어떤 것인가. 둘 다 아니라고. 그건 나의 글 실력 부족 탓이므로 논외로 하겠다. 그럼, 둘 중에 어느 첫 문장에 더 호감이 가는가. 둘 중의 하나를 고르라면 당연히 답이 있다.

이 두 가지의 첫 문장을 읽어보면 느낌이 각각 다를 것이다. ①번 항의 문장은 문제의 사건이 '망중한 중에 만난 어떤 일' 정도로 대수롭지 않은 듯싶고, ②번 항은 도대체 무슨 일이 일어났는지가 궁금해서 글 속으로 뛰어들어가고 싶은 충동을 느끼게 한다.

페이스북에서 내가 앞의 문장을 선택했던 것은 신문이나 잡지 같은 매체라기보다는 나름 친구(페친)들과 소통하는 SNS라는 점과 망중한을 즐기고 있는 일요일이라는 시간적 상황을 고려한 선택이었다. 페이스북 친구들에게 덜 자극적으로 다가가고 싶었었다.

반면 아내는 나중의 것이 좋다고 했다. 사연들이 넘치고 넘치는 페이스북이라면 스치는 순간에 페친들의 이목을 끌어야 하기 때문이라고 그 이유를 들었다.

여기서 어느 것이 좋으냐의 가치판단은 크게 의미가 없겠지만,

지금 이 글에서 말하려는 '첫 문장 쓰기'와 관련해서는 생각해볼 사항이 많다.

이해를 돕기 위해 그 글의 전문을 인용한다.

"어제 옛날 신혼여행지로 주목받던 유서 깊은 온양 관광호텔에서 '자서전 쓰기' 특강을 하고서 오늘은 모처럼 여유 있는 일요일을 보내고 있었다. 그런데 이른 저녁을 먹고 아내와 산책하러 나갔다가 기분 잡치는 행태를 목격했다! 어떤 사람이 혼자 큰소리로 떠들고 있기에 누가 전화로 싸우는가 싶어 그쪽으로 시선을 돌렸더니, 팔짱 낀 젊은이가 침 튀기며 떠들고 있었고, 경비원 아저씨는 노란색 '주차금지' 스티커를 열심히 떼고 계셨다. 젊은이가 함께 떼는 시늉이라도 했으면 그냥 지나쳤을 텐데…! 그 젊은이가 떠드는 소리로 미루어 짐작건대, 우리 아파트 상가와 관련 있는 자이므로 당연히(?) 차를 주차할 수 있다고 주장하는 것 같았다. 하지만 경비원 아저씨는 주차스티커가 없고 경비실에 들러 신고하지 않은 차라서 아파트 관리 지침에 따라 주차금지 스티커를 붙였을 터인데…. 이 상황에서 누가 잘못한 것인지는 미루어 짐작되었다. 그런데 잘못한 사람이 되레 큰소리로 아버지뻘 되는 분을 꾸짖는 형국이었다. 보다 못해 내가 개입하려고 하니, 아내가 극구 말린다. 그래서 저주라도 퍼붓고 싶다고 했더니, 아내가 이런다. 아버님이 병원에 입원해 계시는데 추호라도 그런 생각 하지 마라. 그렇구나! 내일 아우와 아버님 병간호를 교대해야 하는구나."

글쓰기에서 첫 문장의 중요성은 새삼 강조하지 않아도 다들 짐작하고 있는 바대로다. 흔한 말로 '시작이 반'이다. 글을 써본 사람이라면 첫 문장을 쓰고 나면 나머지 부분이 일사천리로 진행되곤 했던 경험이 있는 바다. 초보자라 하더라도 오래지 않아 그 같은 경험을 할 것이다.

"첫 문장과 함께 돌은 굴러가기 시작한다. 첫 문장은 약속이요 방향 물질이자, 수수께끼이며 번갯불이다. 한마디로 뒤이어 나오는 전체 수프 요리의 맛을 결정짓는 각지게 썰어놓은 재료이다."

이 글은 독일의 작가 토마스 브루시히(Thomas Brussig)가 한 말이다. 첫 문장의 중요성과 의미를 매우 적절하게 표현한 문장이다.

그럼 한 번 보자. 첫 문장이 어떤 역할을 하며, 왜 중요한지를.

우선, 첫 문장은 글의 시작을 의미한다.

시작이 별다른 감흥을 불러일으키지 못한다면 다음에 이어지는 글에 눈길조차 주지 않은 것이 독자들의 인심이다. 사람도 첫인상이 좋아야 호감을 얻고 계속된 만남을 이어갈 수 있듯 글도 마찬가지다. 그래서 첫 문장은 독자에게 글을 읽도록 이끌어주는 유도문(誘導文) 역할을 한다.

둘째, 첫 문장은 글의 방향을 암시한다.

첫 문장은 독자에게 앞으로 어떤 이야기가 펼쳐질지를 직간접적으로 암시한다. 뒤에 나올 이야기들을 전혀 예상할 수 없다면 많은 독자는 인내심을 발휘해 끝까지 읽으려 하지 않는다. 그래서 앞으로 무슨 얘기가 펼쳐질지에 대해 짐작할 수 있도록 해야 한다. 때로는 독자가 쉽게 눈치채지 못하게 행간 사이에 숨겨 놓기도 한다. 아무리 꼭꼭 숨겨놔도 눈 밝은 독자는 다 알아챈다.

셋째, 글 전체를 요약하는 기능이 있다.

요즘 같은 바쁜 시대에는 "빠르게" 메시지를 전달하는 것이 미덕이다. 그래서 본문을 읽지 않더라도 첫 문장만 읽고도 대략의 의미를 알아채게 쓰는 것이 좋다. 다만 첫 문장만으로 부족하다고 느끼거나 더 상세한 정보가 필요할 때는 당연히 본문까지 읽으면 된다. 대표적인 예가 신문이나 방송 등 언론매체의 기사이다. 기사는 '속보'의 속성이 있어서 첫 문장에 요약하고, 본문도 중요한 내용을 순서대로 배치하여 독자에게 재빠르게 필요한 만큼 정보를 취할 수 있게 한다.

이밖에도 첫 문장의 역할이 더 있겠지만 중요한 것은 이 세 가지가 아닐까 싶다. 이런 기능을 수행하기에 첫 문장 쓰기는 생각보다 쉽지 않다. 어떤 사람들은 너무 생각을 깊게 하다 보면 '장고 끝에 악수'라며 그냥 쓰라고 충고하기도 한다. 그렇다. 그냥 쓰는 것이 상책일 수 있다. 문제는 독자의 관심을 끌 수 있어야 한다는 당위는 반드시 요구된다는 사실이다. 그래서 첫 문장 쓰기가 더 어렵게 와 닿을 수도 있다.

하지만 어쩌랴. 첫 문장을 쓰지 않고는 글을 쓸 수 없다.

첫 문장의 세 가지 유형

첫 문장 쓰기에 특별한 형태가 있거나 어떤 규범이 있는 것이 아니다. 첫 문장은 글쓴이의 마음이 움직이는 대로 그냥 쓰면 된다. 글을 많이 써 본 이라면 자신만의 다양한 방법이 있을 것이다. 그런데 글쓰기를 막 시작하는 이는 첫 문장을 어떻게 시작해야 좋을지 몰라 우왕좌왕하기 일쑤다.

그런 점에서 나는 그동안의 경험을 바탕으로 세 가지 유형을 제시하겠다. 내가 여기서 제시하는 유형은 다만 참고 사항일 뿐 글을 쓰면서 글의 내용이나 장르에 따라 스스로 적절한 방법을 찾아야 한다.

첫째, 요약형으로 쓴다.

첫 문장 쓰기에서 요약형은 가장 일반적인 형태이다. 쓰고자 하는 글의 요지를 간략하게 요약하여 쓰는 것을 말한다. 자칫 '요약'이라는 말에 너무 방점을 찍고 접근하지 말길 바란다. 요약이란 말에 너무 집착한 나머지 쓰고자 하는 글의 모든 내용을 첫 문장에 요약해야 한다고 생각하는 사람도 있다. 결론부터 말하면, 첫 문장에 모든 것을 요약할 수도 없거니와 요약해서도 안 된다.

요약형으로 쓸 때, 요약의 범위는 쓰게 될 글의 가장 중요한 주제를 요약하는 정도로 그쳐야 한다.

예를 들어보자. 겨울이면 길거리 곳곳에서 자선냄비가 설치된 것을 볼 수 있다. 그래서 연말연시 불우이웃을 돕자는 '사랑의 손길'에 대한 글을 쓴다고 해보자. 이 글은 사랑의 손길을 펴는 갖가지 미담과 지금 어느 정도의 모금이 이루어졌는지를 나타내는 '사랑의 온도탑'이 가리키는 온도 등, 여러 이야기를 다룰 예정이다.

그렇다면 첫 문장을 어떻게 쓰는 것이 좋을까? 이름을 밝히지 않은 고액 기부자의 선행부터 기술할까, 아니면 모금액이 예년보다 저조한 실적을 다룰까. 가령 앞의 내용으로 첫 문장을 써보자.

"올해도 어김없이 얼굴 없는 천사가 나타났다!"

아님. 뒤의 내용으로 써보자.

"오늘도 사랑의 온도탑 온도는 예년에 비해 크게 밑돌고 있다."

그런데 두 가지 내용을 모두 첫 문장에 담아보자.

"오늘도 사랑의 온도탑 온도는 예년에 비해 크게 밑돌고 있지만 올해도 어김없이 얼굴 없는 천사가 나타났다!"

세 문장 모두 문장상으로는 일단 무난해 보인다. 하지만 첫 번째 것은 저조한 모금 실적을 강조하려는 글의 의도에서 벗어나 '얼굴 없는 천사'에게로 독자의 관심이 쏠린다. 실적이 저조하므로 좀 더 많은 사람의 선행을 기대한다는 취지의 글을 쓰려고 했는데, 자칫 '얼굴 없는 천사'의 극적인 등장을 쓰려는 것처럼 오해를 불러일으키기 쉽다. 물론 본문을 써 내려 가다 보면 당연히 천사 얘기도 하게 되겠지만, 첫 문장에서 이 내용이 독자들의 시선을 끌게 되면 그다음에 이어지는 이야기는 여간해서 독자의 관심을 끌기가 어렵다.

그러므로 쓰고자 하는 한 가지 주제를 선택하여 집중하는 것이 좋다. 두 주제 중 주제로 삼을 것을 정한 다음 나머지 하나의 주제는 눈물을 머금고 과감하게 버린다. 다만 본문에서 비중 있게 다루어 이 문제도 매우 중요한 주제라는 점을 강조하면 된다.

가령, 앞의 예시 문장에서 '사랑의 온도탑'을 주제로 삼는다고 가정해보자. 그렇다면 '얼굴 없는 천사' 얘기는 관심을 유발하기에 충분한 요소가 있지만 어쩔 수 없이 첫 문장에서는 언급하지 않는다. 다만 본문에서 비중 있게 다루어 이 문제도 매우 중요하다는 인식을 심어주도록 한다. 비록 기부 실적이 예년보다 떨어지지만 그래도 우리 사회에는 온정의 손길이 여전히 이어지고 있다는 내용의 글을 쓰면서 '얼굴 없는 천사' 이야기로 살짝 반전을 시도하는 글로 쓰면 될 듯싶다.

둘째, 인용형으로 쓴다.

인용이란 말이 의미하듯 이 방식은 누군가의 말이나 속담, 격언 등을 빌려 쓰는 방식이다.

앞의 예시문을 활용하여 인용형으로 써보자.

"오른손이 하는 일을 왼손이 모르게 하라고 했다."

이 문장은 다른 사람에게 선행을 베풀 때 아무도 모르게 하라는 성경 구절을 인용한 첫 문장이다. 이 첫 문장만 읽어도 독자들은 앞으로 무슨 이야기를 하려고 하는지 대번에 눈치챌 것이다.

아니면 자선냄비의 종을 치고 있는 자원봉사자의 말을 인용해도 된다.

"오가는 사람들은 많은데 온정의 손길이 한겨울 찬바람만큼이나 꽁꽁 얼었어요."

이 첫 문장을 보면 모금 상황이 좋지 않다는 것을 쓰려고 한다는 것을 알 수 있다.

셋째, 질문형으로 시작한다.

글 잘 쓰는 요령을 말할 때 흔히 거론되는 팁 중의 하나로, 질문과 답을 적절히 활용하여 쓰라는 방법이 있다. 첫 문장 역시 이 방법을 활용하면 효율적이다. 쓰고자 하는 글의 주제를 질문으로 먼저 던져놓고 그 답을 써 내려 가는 방식이다. 역시 앞의 예시문으로 설명해보자.

"지금 사랑의 온도탑 온도는 몇 도일까?"

그럼 다음 얘기는 당연히 사랑의 온도탑의 현재 온도가 몇 도를 가리키는지 얘기하게 될 것이고, 모금이 저조하다, 경기가 안 좋다, 예년보다 사랑의 온도가 낮다, 얼굴 없는 천사가 나타났다 … 등의 이야기가 전개될 것이다.

그런데 이 첫 문장의 질문이 많은 독자가 궁금해하거나 호기심을 자극하는 것이라면 더 좋다. 그래 맞아, 도대체 지금 사랑의 온도가 몇 도쯤 되었을까 하는 궁금증을 자극하면 자연스럽게 나머지 글도 읽게 된다.

이밖에도 첫 문장의 형태가 여럿 있을 수 있다. 하지만 내가 보기에는 큰 틀에서 대부분이 앞에서 말한 이 세 가지 범주에 든다고 생각하여 생략한다.

첫 문장의 역할은 일단 독자들이 첫 문장에 이어서 더 읽도록 해야 한다. 첫 문장에서 관심을 끌지 못하면 이어지는 글을 아무리 열심히 썼다고 해도 독자의 눈길 한 번 받지 못한다.

많은 독자의 사랑을 받은 신경숙의 소설 『엄마를 부탁해』의 첫 문장을 보자.

"엄마를 잃어버린 지 일주일째다."

어떤가. 실종된 지 일주일째라면 도대체 엄마는 어디에 있을까, 왜 그랬을까, 어떻게 됐을까 등 독자들에게 강한 호기심을 갖게 만든다. 지극히 평범해 보이는 첫 문장이지만, 그다음을 읽지 않고는 못 배기게 만든다. 독자의 감성을 한껏 자극해 결국 밀리언셀러가 되도록 한 힘은 바로 이 첫 문장에 있다고 나는 생각한다.

첫인상이 좋아야 좋은 인간관계가 맺어지듯 첫 문장이 매력적이어야 글은 독자와 관계를 맺는다. 시작이 반이란 말도 있듯, 첫 문장을 잘 쓰면 글은 이미 반이나 쓴 거나 다름없다. 온 힘을 다해 첫 문장을 써보자.

4 좋은 문장은 맛이 담백하다。

글을 이왕 쓸 바엔 '쉽고 빠르고 정확하게' 의미를 전달하는 '좋은 문장'을 구사하고 싶은 마음을 누구나 갖고 있다. 소설가 이외수가 《글쓰기 공중부양》에서 말했듯, "음식처럼 씹을수록 제맛 나는 글"을 쓰기를 누구나 바란다. 씹을수록 제맛 나는 글이란 '맛깔스러운 문장'으로 이루어진 '좋은 글', 또는 '명문'이라고 할 수 있으리라.

물론 이런 맛깔스러운 문장을 쓰는 것은 쉬운 일이 아니다. 어렵다. 분명히 어렵다. 그렇지만 누구도 쓰지 못할 그런 문장은 아니다. 누군가는 분명히 쓴다.

태어나면서부터 좋은 문장(명문)을 구사하는 문장가는 없다. 글을 자꾸 쓰다 보면 문리(文理), 즉 '글의 이치'를 깨우치게 되고, 문리를 깨우치면 독자의 마음에 있는 그대로 전달되는 감동적인 글을 구사할 수 있다.

그렇다면 좋은 글을 쓰기 위해서 어떤 점을 고려해야 할까?

독자의 관점에 따라, 글의 종류에 따라 좋은 글의 조건은 다를 수 있다. 특히 시나 소설 같은 문학에는 더 다양하고 예외적인 조건이 적용된다. 하지만 '내 뜻을 정확하게 전달한다'라는 글의 본질에만 집중한다면 좋은 글의 조건은 대개 비슷하다.

첫째, 목적에 충실하게 쓴다.

모든 글은 쓰는 목적을 갖고 있다. 읽은 책에 대해 글을 쓴다고 하더라도 독후감을 쓸 것인지. 아님, 서평을 쓸 것인지에 따라 글 자체가 달라져야 한다.

독후감은 말 그대로 책을 읽고 난 후의 개인적인 감상을 쓰는 것이지만, 서평은 독자들에게 읽은 책이 어떤 책이고, 또 나아가서 어떤 점에서 읽었으면 좋은지, 아니면 나쁜지, 가능하다면 그 책 내용에 대한 비평까지 담아야 한다. 그래서 독후감은 매우 주관적인 감상이지만 서평은 객관적인 정보 전달 역할을 해야 한다. 독후감과 서평을 엄연히 다르게 써야 하는 이유다.

가령, 전자제품 사용설명서를 쓴다고 해보자. 전자제품 사용설명서의 목적은 무엇인가. 새 전자제품을 구매한 사람이 그 제품을 제대로 사용할 수 있도록 설명하는 데 있다. 그렇다면 사용설명서에 담아야 할 내용은 사용 방법은 물론이거니와, 나아가 제품의 기본 원리, 고장 시 응급조치 요령 및 A/S 센터 등에 대해 안내하여야 한다. 그런데도 이런 기본 사항은 젖혀두고 그 제품이 매우 좋은 제품이라고 자랑만 늘어놓는다면 그 설명서가 제대로 된 사용설명서라고 할 수 있을까.

둘째, 명확하게 쓴다.

여러 번에 걸쳐 꼼꼼하게 읽어봐도 도무지 무슨 소릴 하는지 모르는 문장이 있다. 문장을 읽긴 읽었으나 말하려는 바를 도무지 알 수가 없다. 이런 경우에는 메시지 전달이라는 문장의 기본 역할에 충실하지 못했으니 그 문장은 실격이다.

'실격 문장'은 보통 지나치게 긴 경우가 많다. 문장이 길다는 건 그만큼 한 문장에 전달하고 싶은 말을 많이 꾸겨 넣었다는 것을 의미한다. 한 문장에 여러 이야기를 넣다 보면 내용 사이의 관계가 모호해지고 수식어가 꼬이기 마련이다. 읽는 사람이 내용을 파악하기 어렵다.

앞에서 얘기했던 것을 한 번 더 설명하면, 나는 글쓰기를 연습하는 사람들에게 가능하면 문장을 단문으로 쓰기를 권한다. 단문이란 주어도 하나이고 술어도 하나인 문장이다.

"지난주에 나는 친구를 만났다."

이런 문장은 헷갈릴 이유가 전혀 없다. 단문은 메시지 전달이 단순하고 명확하다. 단문과 달리 한 문장 속에 두 개 이상의 어구가 들어가는 문장은 '복문'이다. 복문은 주어나 술어가 두 개 이상이므로 호응이 꼬이기 쉽고 쓰기도 읽기도 복잡하다.

"지난주에 나는 직장을 그만두고 나온 지 3개월 되었다는 친구를 만났다."

이 문장은 두 개의 단문으로 나눠 쓸 수 있다.

"지난주에 나는 친구를 만났다. 친구는 직장을 그만두고 나온 지 3개월이 되었다고 한다."

이렇게 쓰면 훨씬 이해하기가 쉽다.

무조건 단문으로 쓰라는 것은 아니다. 단문은 담을 수 있는 정보의 양에 한계가 있다 보니 불가피하게 복문을 써야만 내용 전달이 정확하게 되는 일도 있다. 이럴 때는 주술 관계, 어구와 어구의 관계, 수식어 역할을 명확하게 해야 한다.

단문 복문의 기계적 구분보다 더 중요한 기준은 한 문장에 한 가지 내용을 담는 것이다. 위에 예시로 든 글은 '내가 언제 친구를 만났는가?' 하는 내용과 '친구가 직장을 언제 그만두었는가?' 하는 두 가지 이야기를 한꺼번에 하고 있어 복잡하다. 둘 중 어느 쪽에 핵심이 있는지도 알기 어렵다. 그런 면에서 단문은 시선을 분산시킬 염려가 적다. 글쓰기 책이나 강의에서 항상 '간결하게 쓰라'는 점을 강조하는 이유이다.

셋째, 비문을 피한다.

'비문(非文)'이라 함은 '문법에 맞지 않는 문장'을 말한다. '문장의 구조'에 관해 이야기할 때 강조한 바 있는 문장의 기본 요소, 즉 주어, 목적어, 보어, 서술어가 서로 호응하지 않는 경우이다. 주어와 서술어가 서로 호응하지 않으면 전하고자 하는 메시지가 모호해지거나 왜곡되기 쉽다. 메시지 전달의 목적을 제대로 해내지 못하는 문장은 당연히 좋은 문장이 아니다.

"나는 무궁무진한 가능성이 존재한다."

이런 문장이 있다고 해보자. 이미 읽으면서 뭔가 어색하다는 느낌을 받았을 것이다. 무슨 메시지를 전하고자 하는지 모호하다. 분석해보자.

이 문장에서 주어와 술어를 찾아보자. 주어 후보는 '나'와 '가능성'이다. 술어는 '존재한다' 이다. 그렇다면 '나'보다는 '가능성'이 '존재한다'와 더 잘 호응할 것으로 보인다. 그래서 이 둘이 짝(주어+서술어)일 가능성이 크다. "가능성이 존재한다"라는 주어+서술어의 형태로 완전한 기본 문장이다.

그런데 문제는 맨 앞의 주어 '나는'에 가장 잘 호응하는 서술어 역시 '존재한다'라는 점이다. 그렇다면 '존재한다'라는 서술어와 호응하는 주어가 두 개인 셈이다. 주어와 서술어는 반드시 1:1로 호응해야 한다. 간혹 열거법으로 문장을 구사할 땐 가능할 수 있지만, 앞에서 예로 든 것과 같은 일반적인 문장에서는 1:1의 원칙을 벗어날 수 없다. 그래서 '나는'이 호응하는 다른 단어를 찾아보지만 쉽게 보이지 않는다.

그럼 '가능성이'가 주어라는 전제를 갖고 이 문장을 제대로 고쳐보자. 이 문장을 고치기 위해 우선 읽어보고 전하고자 하는 메시지가 무엇인지부터 파악한다. 무궁무진한 가능성이 누구에게 있느냐. 무궁무진한 가능성이 나의 가능성이라면 문장을 이렇게 고칠 수 있다.

"내게는 무궁무진한 가능성이 존재한다."

'나는'을 주어가 아닌 부사어로 바꾸면서 호응이 맞지 않는 짝이 없어졌다. 문법에도 맞고, 뜻도 잘 전달하는 문장이 되었다.

나의 가능성이 아니라 우리나라의 가능성, 인류의 가능성 같은 다른 대상에 대한 가능성을 이야기하던 도중이었다면 어떨까? 그 경우 문장에서 '나'의 역할은 가능성 존재 여부를 판단하는 주체이다. 그에 맞는 서술어를 추가해주면 된다.

"나는 우리나라에 무궁무진한 가능성이 존재한다고 믿는다."

"나는 믿는다"라는 문장 안에 "가능성이 존재한다"라는 문장이 들어간 복문 형태라는 것을 알 수 있다.

주어와 서술어의 호응이 잘 맞을수록 이해하기가 쉽고 내용도 자세해지는 것을 알 수 있다. 주어와 서술어만이 아니라 목적어와 서술어의 호응 관계도 중요하다. 아래 문장을 보자.

"전문가가 되려면 이론과 실천을 해야 한다."

실천은 하는 것이지만, 이론은 아는 것이다. '이론'과 '해야 한다'는 말이 호응 되지 않는다. 해서 이 문장을 이렇게 고쳐 쓸 수 있다.

"전문가가 되려면 이론을 알고, 실천을 해야 한다."

한 문장 안에서 시제나 존칭어가 어긋나는 때도 있다.

"나는 어제 잠을 자겠다."

"할아버지가 밥을 잡수시래."

이런 문장은 "나는 어제 잠을 잤다."와 "할아버지께서 밥을 먹으래."라고 써야 맞다.

넷째, 능동형으로 쓴다.

학창 시절 영어공부를 할 때 우리는 능동태와 수동태에 대해 귀에 딱지가 앉을 정도로 들었다. 영어에서는 문장을 구성할 때 사물이나 관념을 주어로 두는 경우가 많아 수동태 표현이 중요했다. 반면 우리 말글살이에서는 수동태의 비중이 그리 크지 않다. 대부분 크게 의식하지 않고 말글살이를 하고 있다고 해도 틀리지 않는다.

그런데 영어로 된 문학, 학문, 사유방식이 수입되어 널리 퍼져

나가면서, 우리 말글살이에도 피동형(수동태) 표현이 무척 흔해졌다. 하지만 피동형을 의식 없이 사용하면 문장이 어색해진다.

능동형 문장은 행동의 주체를 주어로 두고, 대상을 목적어로 두고, 행동을 표현하는 말을 서술어로 두는 문장이다. 반대로 피동형 문장은 행동의 목적이 되는 대상을 주어로 변신시키고 서술어를 그에 맞게 변형시킨다.

능동형 문장이 물이 위에서 아래로 흐르듯 자연스러운 순서로 흐른다면 피동형 문장은 한 차례 꼬인 문장이다. 앞서 좋은 문장은 간결하고 명확하고 문장 안 성분의 호응이 잘 맞아야 한다고 했다. 피동형으로 서술어가 꼬이면 그런 조건을 지니기 어렵다.

"학생들에 의해 길들여진 책상" 이런 표현을 많이 쓴다. 굳이 이렇게 배배 꼬아 표현할 필요가 있을까. 그냥 "학생들이 길들인 책상" 하는 쪽이 더 자연스럽지 않은가. 관찰하면 우리말에 들어온 피동형 표현은 별 의미가 없는 경우가 많다. 글쓴이의 표현 습관일 뿐이다.

특히 피해야 할 것은 이중피동이다. 이중피동은 말 그대로 피동태가 두 번 나오는 경우를 말한다.

"휴가를 알차게 보내기 위해서는 계획이 잘 짜여져야 한다."

'짜여져야 한다'를 보면 '짜여'로 피동태 한 번, 이 '짜여'에서 다시 한 번 더 '져야'로 두 번 피동시켰다. 이걸 자연스럽게 능동태 문장으로 바꾸어보자.

"휴가를 알차게 보내기 위해서는 계획을 잘 짜야 한다."

훨씬 깔끔한 문장이 되었음을 알 수 있다.

다섯째, 중복 표현을 피한다.

밥 먹을 때, 매끼 같은 반찬이 나오면 금방 질린다. 글도 마찬가지다. 매번 똑같은 문장이나 단어를 만나면 읽기가 지루하다. 그래서 글쓰기 책이나 강연에서 '중복을 피하라'는 말은 단골 주의사항이다. 단어만 피한다고 이 문제가 해결되는 것은 아니다. 구절이나 문장 역시 중복이 없어야 좋은 글이다.

여섯째, 적절한 단어를 선택한다.

우리가 글을 쓸 때 가장 고심하는 것 중의 하나가 단어 고르기이다. 상황 설명에 가장 적합한 단어를 찾기란 쉽지 않다. 특히 감정이나 느낌을 전달할 때에는 단어에 따라 뉘앙스 차이가 상당하므로 여간 고심하지 않을 수 없다.

소설가 이외수가 쓴 《글쓰기의 공중부양》을 보면 단어가 얼마나 중요한지 깨달을 수 있다. 이 책은 단어가 글쓰기의 출발이자 마지막이라고 강조하면서 단어채집 요령을 설명한다. 이 책에서 권하는 방식으로 단어채집 장을 만들어 활용하는 것도 어휘력 향상에 큰 도움이 된다.

흔히 단어장 하면 영어단어장만 생각하기 마련이다. 그러나 우리 말글살이에서도 단어장이 절실하게 필요하다.

좀 무식한 방법이지만 나는 학창 시절 사전을 통째로 외우는 미련을 떤 적이 있다. 이때 영어사전과 국어사전 두 권을 갖고 도전했었는데, 시간이 지나니 모두 기억에서 사라져서 아쉬움이 컸다. 그런데 나중에 보니 그게 사실은 큰 도움이 되었다. 다시 단어 공부를 할 때 훨씬 자연스럽고 빨랐다.

일곱째, 외래어는 적당하게 활용한다.

오늘날의 말글살이에서는 순수한 우리말로만 의사소통할 수 없을 만큼 다양한 언어를 뒤섞어 사용하고 있다. 한자어는 당연하고, 영어나 일본어, 프랑스어, 라틴어 등 온갖 곳에서 유래한 다국적 단어를 사용하고 있다.

이렇게 외국어를 쓰다 보니 제 기능을 충분히 하는 우리말이 버젓이 있음에도 외국어로 바꿔 쓰는 경우가 흔하다. 하지만 이는 우리 말글살이를 파괴할 뿐 아니라, 정확한 의미 전달을 방해한다.

외국어를 사용할 경우 널리 사용하는 우리말이 있으면 그걸 우선으로 쓰고, 우리말로 의미를 제대로 전달하기 어렵다고 판단할 때에만 외래어를 쓰는 것이 좋다.

외국어를 무조건 쓰지 말자는 것이 아니다. 북한 방송국의 축구 중계를 들어본 사람은 공감할 것이다. 구석차기, 발차기 등 우리말로 바꿔 쓴 축구 용어가 오히려 낯설고 알아듣기 어렵다. 외국어라도 이미 우리말처럼 자연스럽게 말글살이에 들어와 있다면 낯선 우리말보다 친숙한 외래어를 쓰는 것이 더 낫다.

하나 짚어봐야 할 것은 한자어이다. 한자어가 우리 말글살이의 큰 부분임은 따로 설명하지 않아도 될 것이다. 무분별한 한자어 사용은 글을 현학적이고 딱딱하게 만들기 때문에, 좋은 문장을 쓰기 위해서는 한자어 역시 우리말로 대체하려는 노력이 필요하다. 하지만 이미 생활어로 자리 잡은 말까지 우리말로 바꿔 쓰면 되레 독자에게 혼란을 줄 수도 있다.

여덟째, 맞춤법을 지킨다.

글을 쓸 때 맞춤법이나 띄어쓰기, 문장부호를 제대로 사용하는 것은 글쓰기의 기본 중의 기본이다. 맞춤법은 불필요한 형식이 아니라, 내용 전달을 더 정확하게 하기 위한 실용적인 규칙이다. 문장부호나 띄어쓰기에 따라 전달되는 의미가 크게 달라질 수 있다. 고전적인 예, "아버지 가방에 들어가신다."는 누구나 알고 있을 것이다.

맞춤법과 띄어쓰기, 문장부호는 습관처럼 지킬 수 있도록 평소에 항상 신경 써야 한다. 글 쓰는 사람들은 거리를 걷거나 전철을 타고 가다가 맞춤법이 틀리거나 띄어쓰기가 잘못된 간판이나 광고 문구를 발견하면 꼭 교정하는 본능을 보이곤 하는데, 이것도 아주 효율적인 글쓰기 연습이라고 할 수 있다.

좋은 문장의 조건에 대해 여러 가지를 이야기했지만, 문장 하나하나를 쓸 때마다 이 모든 조건을 다 의식하면서 글을 쓸 수는 없다. 나 역시 마찬가지다. 오히려 처음 글을 쓸 때는 너무 잘 쓰려고 하지 말고 마음 가는 대로 써 내려가는 것이 좋다. 다만 퇴고할 때는 여기서 언급한 원칙들을 염두에 두는 것이 좋다. 원칙을 가지고 퇴고를 하면 글이 훨씬 좋아진다.

또한, 늘 자기 글을 돌아보면서 쓰고 또 쓰기를 반복하다 보면 이런 요소들은 자신도 모르게 저절로 몸이 터득한다. 머리가 아닌 몸이 먼저 좋은 글을 쓴다. 그러니 걱정은 붙들어 매고 쓰기 시작하면 된다. 그러다 보면 좋은 글도 저절로 쓰인다.

5 구성을 짜라。

글을 일단 쓰고 보자는 생각에서 시작했다가 중간에 길을 잃고 우왕좌왕했던 경험이 있을 것이다. 여러 내용이 얽히고설켜 뒤죽박죽되어 좀처럼 갈피를 잡지 못하게 되었다.

어떻게 해야 할까? 답은 당연히 수정해야 하는데, 그 수정이라는 게 다시 쓰기보다 더 어렵다. 난감하다. 그렇다면 그런 일을 미리 방지하는 방법은 없을까. 있다. 먼저, 글을 쓰기 전에 이정표 역할을 하는 '구성'을 짜면 된다.

'구성'은 흔히 '플롯'(plot)이라고도 한다. 이 구성은 소설이나 영화, 연극 같은 서사에서 흔히 사용한다. 우리가 쓰려고 하는 일반적인 실용문과는 관련성이 적은 것처럼 보일 수 있다. 하지만 소설과 같은 문학뿐만 아니라 실용문 등 어떤 글이라도 기본적인 구성은 있다. 설령, 글쓴이가 사전에 구성을 고민하지 않고 일필휘지로 내갈겨 썼다 하더라도 나중에 글을 분석하면 대략적인 구성의 형태를 볼 수 있다.

우리가 문학작품을 분석적으로 접근했던 것을 생각하면 이해하기 쉬울 것이다. 어떤 작품이라도 분석 앞에서는 두부모 자르듯 명쾌하게 구분되곤 했었다. 그러면서 우리는 그 구분을 바탕으로 작가의 애초 의도를 파악하곤 했었다. 그런데 과연 우리가 분석한 내용처럼 작가가 애초부터 의도를 갖고 있었을까. 아마도 독자들이 가당치도 않은 말을 억지로 끌고와 자기주장의 조건에 맞도록 한 것은 아니었나 싶기는 하다.

아무튼, 작가가 의도하든 의도하지 않았든 모든 글에는 구성이 존재한다. 그런 점에서 이 글은 문학이 아닌 실용문 범주의 글을 쓸 때 어떻게 쓰면 효율적일까 고민하는 과정에서 '구성(plot)'의 문제를 다룬다. 일필휘지를 할 수 있는 노련한 작가가 아니라면, 글쓰기 입문자들에게 구성은 반듯이 거쳐야 할 과정이다.

그럼 구성이란 무엇인가. 구성을 사전에서 찾아보면 서너 가지의 풀이가 나온다. 그중 이 글에 부합하는 것을 골라보면, "문학작품에서 형상화를 위한 여러 요소를 유기적으로 배열하거나 서술하는 일"이다.

글은 생각이나 사실 등 갖가지 콘텐츠들로 이루어진다. 그러므로 글을 쓴다는 것은 이런 콘텐츠를 이용하여 글쓴이의 메시지(의도)를 독자에게 전달하는 작업이다. 따라서 독자가 쉽고 빠르고 정확하게 이해하도록 쓴 글이 좋은 글이라는 사실은 앞에서 수차례 설명한 바 있다.

그렇다면 글쓴이에게 다가오는 부담은 이런 생각이나 사실과 같은 콘텐츠의 조각을 어떻게 효율적으로 엮을 것인가 하는 점이다. 물론 노련한 작가라면 머릿속으로 전체 그림을 그린 후, 나름의 논리에 따라 주제별로 써 내려간다 해도 중간에 길을 잃거나 힘들어하지 않는다. 하지만 초보자는 상황이 녹록하지 않다. 그래서 구성을 짜라고 권하는 것이다.

구성의 종류에는 글의 종류만큼이나 많다고 해도 틀린 말이 아니다. 글마다 다 제각각의 형태를 보인다. 해서 여기서는 몇 가지 대표적인 방식들에 대해 알아본다.

구성하면 으레 떠오르는 연관검색어가 있다. 서론-본론-결론이나, 기-승-전-결 같은 고전적이면서도 우리가 익히 알고 있는 전형적인 방법이다.

서론-본론-결론의 체제는 논리적이고 간단해서 독자가 이해하기 쉬운 장점이 있다. 논문이나 주장이 강한 글에 자주 나타난다.

서론은 말이나 글 따위에서 본격적인 논의를 하기 위한 실마리가 되는 부분이다. 본론은 말이나 글에서 주장이 있는 부분이다. 결론은 말이나 글의 끝을 맺는 부분 또는 최종적으로 판단을 내리거나, 그 판단이다.

그래서 이럴 경우 서론-본론-결론의 형태로 구성한다. 이 글을 쓰는 이유와 앞으로 어떤 내용의 글을 쓸 것인지를 밝히고 난 다음 서론에서 예고한 대로의 내용과 주장을 풀어놓는다. 그리고 이 내용과 주장(본문)을 종합하여 자신의 판단(결론)을 쓴다.

예를 들어보자.

"법 먹는 풍경이 새로운 진화를 거듭하고 있다. 과거엔 으레 가족이나 친지, 친구들이 함께 모여야만 밥을 먹었는데, 요즘엔 혼자서도 잘 먹는다."

이렇게 시작하는 두 문장은 앞으로 무슨 얘기를 하려는지 대략의 방향을 제시했다. '밥 먹는 풍경'이라는 주제로 글을 쓰겠다는 것을 예고한다. 서론이다. 그렇다면 다음엔 왜 밥을 둘 이상이 먹는 것을 미덕으로 생각해왔는지, 그런데 요즘은 왜 혼자서도 밥을 먹는 문화가 만들어졌는지에 대한 이야기를 풀어놓는다.

앞에서 제시한 주제를 설명하는 이야기들을 쓴다. 즉 본론이다. 그런 다음, 과거엔 여럿이 함께 밥 먹는 것을 당연시했지만, 지금은 나홀로족이 늘면서 혼자서 밥을 먹는 문화가 유행처럼 번진다며 밥은 꼭 여럿이 함께 먹어야만 하는 것이 아니라 혼자서도 얼마든지 의미 있게 먹을 수 있다는 식의 주장을 쓴다. 이 부분이 결론이다.

여기에서 두괄식(결론을 앞에 놓는 방법)이냐, 미괄식(결론을 맨 뒤에 놓는 방법)이냐, 쌍괄식(결론을 앞과 뒤에 놓는 방법)이냐에 따라 구성 순서가 바뀔 수 있다. 즉, 결론-서론-본론, 결론-서론-본론-결론이라는 방식도 가능하다.

또한 기승전결(起承轉結) 방식은 어떤가. 요즘 유행하는 말 중에 '기승전 혼밥(결)'과 같은 어법이 있다. 지금 여기에서 이야기하는 기승전결 구성법에 기댄 표현이다.

사전의 풀이에 의존해 기승전결이 무슨 의미인지부터 보자.

- 기(起): 문제를 제기하는 것
- 승(承): 문제를 전개하는 것
- 전(轉): 결정적으로 방향을 한 번 전환하는 것.
- 결(結): 끝맺는 것

기승전결(혼밥)이라는 말로 설명해보자. '밥 먹는 풍경'이란 주제로 사람이 모여 방담을 나누자고 해서(기) 참석자들이 각자 갖고 있던 다양한 식사에 관한 이야기를 풀어놓는다(승), 그런데 그 중 혼자 사는 한 사람이 예전에 혼자 밥 먹으면 큰일 나는 줄 알았는데, 요즘에 자주 혼자 밥을 먹다 보니 혼밥도 나름 재미있다는 얘기를 하면서 화제를 혼자 먹는 밥으로 바꾼다(전). 그러자 모두 혼밥했던 경험과 장단점에 관해 이야기했다. 요즘은 혼밥이 대세라는 데 의견을 모은다(결).

어떤가.

구성이라는 것은 글을 어떻게 전개할 것인지를 미리 계획하는 것이다.

친구에게 어떤 힘센 아이와 싸웠던 이야기를 한다고 해보자. 이럴 때 화자는 어떻게 하면 이야기를 재미있고, 그리고 자신을 부각하는, 듣는 사람이 재미있어 하는 무용담을 만들까 고민한다. 그래서 상대방 코피 터진 얘기를 먼저 할까. 아님, 시비를 걸어오자 주인공이 대담하게 결투를 받아들이는 것부터 이야기하는 게 효율적일까. 여러 가지 방법을 다양한 측면에서 검토한다.

글을 쓸 때 구성을 하는 것은 이와 같다. 쓰고자 하는 글을 어떻게 배치하면 전달하고자 하는 의미를 자연스럽게 또 효과적으로 전달할 수 있을까 하는 고민의 과정이다. 그래서 글을 쓸 때 구성하고 쓰는 것이 구성하지 않고 쓰는 것보다 길을 잃지 않을 확률이 높다. 아울러 글의 전개가 훨씬 자연스럽고 효과적이다.

그런데 이런 고전적인 구성 방법이라 해도 실제 글을 쓸 때, 자연스럽게 활용하려면 상당한 숙달이 필요하다. 물론 글쓰기를 도와주는 팁이라는 게 대부분 이처럼 가장 긴요하고 으뜸이 되는 골자나 줄거리를 어떻게 글로 표현할 것인가에 관한 경우가 많다. 이러한 요령을 맘껏 부릴 수 있으려면 수많은 반복 활용을 시도해보아야 한다. 그런데 이 요령이란 걸 몸이 알아차린다. 그땐 이미 나름대로 방법론을 터득한 상태가 되어 결국 요령이라는 게 큰 의미가 없다. 그런데도 열심히 요령을 설명하려고 하는 것은 시도해보라는 동기부여의 기회를 제공하기 위해서다.

글을 구성하는 목적은 무엇인가. 글쓴이가 전달하고자 하는 메시지를 읽는 이가 쉽고 빠르고 정확하게 이해할 수 있도록 하는 효율적인 방법을 찾는 것이다. 같은 주제의 사건 또는 일이라도 어떤 방식으로 쓰느냐에 따라 읽는이가 받아들이는 메시지의 의미는 온도 차가 있게 마련이다. 그래서 온도 차를 최소화하면서 자신의 의도를 온전히 전달할 수 있는 최적의 구성을 찾아내야 한다.

그런 점에서 글쓰기 도사들이 오랜 동안 찾고 실험하면서 최적화한 것이 앞에서 살펴본 고전적인 방법들이 아닌가 싶다. 하지만 그 방법론이 모든 글에 일률적으로 적용할 수 있는 것은 아니다. 모든 글에는 제각각 구성이 다르다. 그래서 가장 자연스러운 것이 최적의 방법이다.

구성 방밥에 대해 두 가지 방법을 생각해보자. 하나는 사건이 일어난 시간순으로 글을 쓰는 것이고, 다른 하나는 글이 가진 소주제의 중요도 순서로 쓰는 방법이다.

사건을 시간순으로 살펴보는 방법에 대해 먼저 살펴보자.

사건이 어떻게 진행되는지 가만히 생각해보라. 많은 사건이 발단-전개-위기-절정-대단원 또는 기-승-전-결의 곡선을 그리는데, 이 과정은 시간 순서대로 진행된다. 신기하게도 거의 모든 일이 이 궤적을 그린다.

이 분석은 소설의 구성을 설명할 때 주로 사용하는 것이긴 하지만, 어떤 사건에 적용해도 거의 다 통하는 분석 틀이다. 이 방식으로 구현하는 것은 어려울 게 없다. 사건이 일어난 순서대로 쓰면 된다. 특별히 따로 조처할 것도 없다.

다만 소설에서는 이 순서를 작가가 의도한 대로 바꾸어 사용한다. 물론 실용문에서 이 순서를 바꾸기도 한다. 이 경우에는 아마도 글쓴이가 나름대로 소재를 다룰 줄 아는 노련함이 있을 것이다.

또 하나는 사건에 있는 소주제 중요도 순서로 쓰는 방법이다. 사실 이 역피라미드 방법은 신문에서 기사를 쓸 때 중요한 내용부터 써 내려가 마지막엔 그다지 중요하지 않은 내용을 배치하기도 한다. 밑변이 땅에 닿은 삼각형인 피라미드(△)를 거꾸로 세워 꼭짓점이 땅에 닿은 역피라미드(▽) 형태를 띤다. 이 작성법은 기사를 쓸 때 가장 많이 사용한다.

이 방법이 기사작성법에서 많이 활용한 것은 기사의 중요 포인트를 체크 하고자 하는 독자 편의성에 기인했다. 중요한 내용을 기사의 맨 뒤에 배치하면 독자는 그 기사를 끝까지 다 읽어야 한다. 시간이 많다면 모르지만 바쁜 일상에서는 그걸 꼼꼼히 끝까지 읽기가 쉽지 않다. 그래서 독자를 위한 편의적 발상에서 추구하는 작성법이다.

또 하나 일반 독자에게는 거의 알려지지 않았지만, 신문 제작의 편의성을 고려한 방법이다.

요즘 신문은 디지털화되어 독자가 읽든 말든 기사를 게재할 때 기사량이 크게 문제가 되지 않는다. 거의 무한정으로 담아낼 수 있다. 그런데 종이신문은 사정이 다르다. 지면이 한정되어 있기 때문이다. 물론 편집하다 기사량이 넘치면 줄이면 된다. 그런데 기사를 줄이는 방법이 쉽지 않다. 신문 제작 과정을 살펴보면서 설명해보자.

신문을 제작할 때 취재기자가 기사를 출고하면 그다음에는 편집기자가 기사를 책임진다. 편집기자가 지면 배치를 구성하는데, 그 과정에서 기사량이 넘치면 줄인다. 그런데 편집기자가 기사를 모두 읽고 줄이는 작업 자체가 쉽지 않다. 취재한 당사자가 아니기도 하거니와 신문 제작은 시간과 전쟁이라고 해도 과언이 아니기 때문이다.

그렇다면 어떻게 하는 것이 효율적일까? 그렇다. 중요하지 않은 내용이 담겨 있는 부분을 잘라버리면 쉽게 해결된다. 이런 편의성에서 고려된 방법론이 바로 역피라미드형 기사이다. 즉 기사를 작성할 때 주제의 중요도 순서로 배치한다. 맨 마지막에 쓴 주제일수록 중요도가 약하다.

이 방법론은 오랫동안 신문 제작 현장에서 지금까지 진화를 거듭하면서 최적화되었다. 이 점에 대해서는 크게 이의를 제기하는 사람이 없다. 그런 점에서 이 방법을 우리가 쓰고자 하는 실용문에 도입하면 어떨까. 나는 현실적으로 아주 좋은 방법론이라고 생각한다.

고전적인 방법이든, 시간순으로 작성하는 방법이든 기본 틀은 그렇다 치더라도 갖가지 상황에 따라 변용하듯 이 소주제의 중요도 순으로 쓰는 방법도 마찬가지일 수 있다.

독자는 결론을 빨리 알고 싶어 하는 특성이 있다. 그래서 결론을 미리 밝히면 중도에서 읽기를 그만두는 독자가 있기에 글쓴이는 어떻게 하면 독자를 끝까지 읽게 할 것인지 고민한다.

드라마나 신문 연재 소설처럼 다음 회를 꼭 보도록 마지막 부분에 궁금증을 크게 자아내는 내용을 배치하여 쓸 수도 있다. 결론을 암시하고 호기심을 자극하면 관심 있는 독자는 속는 셈 치고 끝까지 따라온다. 그래서 앞에서 잠깐 언급했던 두괄식이나 미괄식, 쌍괄식 같은 방법론을 곁들이는 것이다.

글을 구성한다는 것은 사건이나 일, 또는 생각을 독자에게 전달하려는 목적을 효율적으로 달성하려는 고민의 산물이다. 그래서 어떤 방법이 효율적인지는 독자가 얼마나 읽어주느냐에 달려 있다. 그러므로 고민한 구성에 따라 글을 쓰고 나면, 늘 독자 관점에서 글을 다시 한 번 읽고 고치는 작업이 필요하다. 아울러 읽는 이의 반응을 살펴보고 다음 글을 쓸 때 반영하면 더욱 탄탄한 구성을 할 수 있다.

구체적이란 말은 사물이나 현상이 일정한 모습을 갖춘 것이다.
그 의미에 충실할 때 당신의 문장은 독자의 공감을 획득한다.
따라서 문장력은 바로 '구체적인 표현력'에 달려 있다.

CHAPTER 3

어떻게 쓸 것인가?

1. 독자를 특정하라
2. 나만의 스타일로 써라!
3. 짧게 써라
4. 구체적으로 써라
5. 설명하지 말고 묘사하라
6. 문장에 경험을 녹여넣어라
7. 문장 성분을 서로 호응시켜라
8. 접속사를 남용하지 마라
9. 상징과 비유를 활용하라
10. 상투적 표현을 삼가라!
11. 일본어 투 표현을 피하라
12. 외국어를 남용하지 말자
13. 단어가 문장을 좌우한다

1 독자를 특정하라

어떤 글이든 쓰기 전에 반드시 결정해야 하는 것이 몇 가지 있다. 그중 가장 먼저 '독자'가 누구인지를 특정해야 한다.

독자를 특정하지 않고 글을 쓴다는 것은 쉽지 않다. 불특정다수를 독자로 삼는 신문이나 방송 같은 대중매체조차도 포괄적이기는 하지만 나름의 주 독자층이나 시청자층을 특정하고 있다. 그렇게 하지 않으면 기사를 쓸 수 없다.

요즘 세계에서 가장 핫하다는 'BTS(방탄소년단)'를 다룬다고 해보자. 모든 국민이 이 뉴스에 귀를 기울이지는 않는다. 그럼에도 대중 매체들은 열심히 BTS에 대해 다룬다. 왜일까? 모든 국민은 아니더라도 '다수'의 국민을 독자(시청자)로 삼기 때문이다.

이 점에서 보면 우리가 쓰려는 글의 독자층은 이보다 훨씬 좁다. 그래서 독자층을 특정하는 일에 더 신경을 써야 한다.

여러분이 지금 읽고 있는 이 글도 독자층을 분명히 설정하고 있다. '글쓰기에 관심이 많은, 그러나 글쓰기에 두려움이 있는 글쓰기의 초보자'가 내가 특정한 독자층이다. 글을 잘 쓰는 사람은 내 글의 독자 대상이 아니다. 그들은 글쓰기에 관한 그 어떤 팁도 이미 잘 알고 있다. 그들 나름의 글쓰기 기술을 가지고 있다. 해서 다른 사람의 글쓰기 팁에는 관심이 없다. 되레 이런 글이 제대로 안내하고 있는지에 대해 평가한다. 그래서 그들은 아무도 이 글을 읽지 않는다.

한때 신문들이 서평을 게재하면서 앞다투어 전문가에게 서평을 의뢰했던 적이 있었다. 그런데 전문가가 쓴 서평이 독자에게 외면받으면서 원고료만 많이 들어가는 천덕꾸러기 신세로 전락했었다. 왜 그랬을까.

서평 쓰기에 참여한 전문가들이 독자층을 특정하지 않았기 때문이다. 그들은 어쩌다 주어진 지면을 자신의 지식을 자랑하는 기회로 여겼다. 그래서 자신의 전공 분야에서 사용하는 어려운 용어를 사용하며 서평 대상의 책이 다루지 않는 내용까지 거론했다. 그들은 정말 글 쓰는 재주가 뛰어났다. 많아야 200자 원고지 10매 남짓한 분량의 서평에 그 모든 것을 다 꾸겨 넣었다.

그러나 이 서평은, 글쓴이는 만족했는지 몰라도 독자에게서는 외면받았다. 이러한 현상이 일어난 이유는 독자층을 특정하지 않은 탓이다. 이런 류의 글은 일반 독자가 어려워서 못 읽는다. 그럼, 전문가는? 전문가들 역시 외면하기는 마찬가지다. 이들이 쓴 내용을 이미 잘 알고 있기 때문에 굳이 읽을 필요가 없다.

이 예에서 보듯 독자를 특정하는 문제는 매우 중요하다. 독자가 누구인가에 따라 쓸 내용과 표현 방법을 결정하기 때문이다.

독자가 없는 글은 있을 수 없다. 혹자는 나만 혼자 보기 위해 쓴 일기나 자서전과 같은 글의 경우에는 독자가 없는 것 아니냐고 할지 모르겠다. 그러나 혼자 보기 위해 쓴 일기나 자서전이라 해도 결국 자기 자신은 읽는다. 읽는이가 단 한 사람이라고, 나 자신만이라고 해도 독자는 독자다. 따라서 어떤 글이든 반드시 독자가 있게 마련이다.

그래서 독자가 누구인가에 따라 글쓰기 방식이나 내용이 달라져야 한다는 당위가 생긴다.

예를 들어 설명해보자.

학교 선생님이 자기 반 학생들에게 학년을 마무리하면서 편지를 쓴다. 이때, 1년 동안 학급에서 있었던 일이 중심 이야기가 될 것이다. 조금 범위를 넓힌다 해도 학교, 나아가 사회의 이야기를 할 수도 있다. 다만 학교나 사회의 이야기라 해도 반 학생들에게 직접적이든 간접적이든 관련이 있는 이야기를 해야 한다. 그런데 선생님 혼자만 사적으로 매우 중요한 사안이라 여길 뿐 학생들은 관심조차 없는 내용을 이 글에 집어넣는다면 과연 학생들이 얼마나 공감하겠는가.

더 구체적인 예를 들어보자. 일기 쓰기 방학 숙제를 해보았을 것이다. 개학 하루 전날 몰아서 썼던 추억을 갖고 있을 텐데 이것에 관한 글을 쓴다고 해보자. 읽는이가 자식이거나 혹 손자 손녀라고 하면 아마도 이런 식으로 서술할 것이다.

"그땐 일기 쓰기가 참 고역이었는데, 지금 생각해보니 참 좋은 자기 성찰의 시간이었다. 그리고 매일 일기를 쓰면 나중에 한꺼번에 억지로 쓰는 것보다 훨씬 편하다. 거짓말을 만들지 않아도 되니까. 그러니 꼭 일기는 매일 쓴다는 생각으로 실천해야 한다."

공자 왈 맹자 왈이 될 확률이 높다. 그런데 친구들과 이 소재로 이야기를 나눈다면? 이처럼 교훈적인 이야기를 꺼내는 친구는 당연히 없다. 이 일로 빚어진 갖가지 추억에 폭풍 공감하며 깔깔거릴 것이다. 남의 일기장을 훔쳤다가 들통 난 일, 날씨를 잘못 적어 한꺼번에 쓴 일, 개학하면서 깜박해서 가져오지 않았다고 둘러대다 내일 가져오라는 선생님의 말씀에 밤새 낑낑대고 써갔지만 한꺼번에 쓴 것이 들통난 일 등, 저마다 자신의 추억을 이야기하면서 즐겁게 수다 삼매경에 빠질 것이다.

이렇게 읽는 이가 누구냐에 따라 같은 소재라도 내용이 달라지고, 이야기 방식도 달라진다. 그래서 독자를 특정하는 것은 글쓰기에서 기본이자, 가장 중요한 요소이다.

독자층에 따른 표현 방법에 대해서도 생각해볼 사항이 있다.

독자층이 어린이인데, 어른들이 사용하는 단어나 글 방식으로 표현한다면 전하고자 하는 메시지가 과연 효율적으로 전해지겠는가. 그 반대로 어른이 독자인데 어린이를 대하듯 글을 쓰면 아마도 유치해서 안 읽을 것이다.

이처럼 글을 쓸 때 독자층을 특정하는 것이 매우 중요하다고 강조하면서, 독자층과 관련하여 생각해볼 여지가 있는 나의 거친 생각 하나를 덧붙인다. 특정 지역의 사람을 독자층으로 하는 신문이나 방송에서 사용하는 언어가 굳이 서울에서 통용하는 표준어를 사용해야 하는가 하는 점이다.

신문이나 방송에서 표준어를 사용하는 것은, 어디에 살건 우리나라 사람 대부분과 무난히 소통해야 한다는 점도 하나의 이유일 것이다. 그래서 우리나라의 표준어는 서울에 사는 중산층의 말로 규정하고 있다. 평균적인 개념에서 그렇게 정했으리라.

그러나 특정 지역으로 한정하면 어떤 말이 표준어가 될까. 현재의 표준어 기준이라면 경상도는 경상도 사투리가, 전라도는 전라도 사투리가 그 지역의 표준어가 아닐까. 그렇다면 특정 지역의 사람들을 독자로 특정한다면 특정 지역의 사투리로 글을 써야 한다는 당위가 생긴다.

글의 본질이 무엇인가. '뭔가를 쉽고, 빠르고, 정확하게 전달하기 위해 글자로 표현한 것'이 아닌가. 서울 사람이 경상도나 전라도에 가서 사투리를 접하면 다 알아듣지 못하고, 반대로 경상도나 전라도 사람이 서울에 오면 서울말을 다 알아듣지 못한다. 때로는 통역(?)이 필요한 게 현실이다. 그렇다면 특정 지역의 독자가 가장 잘 알아들을 수 있는 표현을 사용하는 것은 너무도 당연하다. 그래서 나는 특정 지역의 독자를 대상으로 하는 신문이나 방송은 그 지역의 말글살이 특성에 따라야 한다고 생각한다. 한번 진지하게 이 문제에 대해 생각해볼 일이다.

2 나만의 스타일로 써라!

"모방이 창조다."

지극히 당연한 말이다.

지금 우리가 말하거나 쓰고 있는 언어는 오롯이 자신이 새롭게 창조한 말이나 문장일까? 아마도 새롭게 창조한 말이나 문장은 거의 없을 듯 싶다. 새로운 것이라고 꺼내 놓는 언어 대부분이 나도 모르게 어디서 읽거나 보거나 들었던 것일 수 있다. 머릿속에 기억했다가 무의식적으로 적당한 쓰임 순간에 밖으로 표현되었을 가능성이 매우 크다.

물론 우리는 그것이 모방인지 아닌지조차 모른다. 새롭게 창조한 것이라고 착각하고 있을 뿐이다. 어떻게 보면 우리 말글살이라는 게 인공지능(AI)의 원리와 비슷한 면이 있다. 수많은 사례를 기억하게 하고(사례가 많으면 많을수록 정확도가 높아진다), 특정 상황에서 가장 근접한 것을 표현하도록 프로그래밍해 놓은 것처럼 말이다.

그런 점에서 우리의 말글살이는 대부분이 모방이라고 해도 틀리지 않는 것 같다. 이 점과 관련해 나는 앞에서 문장공부법으로 필사를 권유한 바 있는데, 이 작업 또한 생활 속의 모방 범주에서 벗어나기 어려울 듯싶다.

오해하지 마시라. 필사가 잘못됐다고 지적하려는 것이 결코 아니다. 필사는 효율적인 문장공부법이라는 나의 주장은 되레 더 강고하다. 다만 여기서 '나만의 스타일'을 강조하려다 불가피하게 나온 것임을 이해하기 바란다.

이제 막 글쓰기에 입문하는 사람에게 '나만의 스타일'이라니, 가당치 않다고 고개를 좌우로 흔들지도 모른다. 하지만 글을 쓰다 보면 처음에는 다른 사람의 문장을 흉내 내더라도 궁극에는 자신만의 스타일로 구사한다. 아무리 모방하여 글을 쓴다 하더라도 일정 부분은 자기 생각과 방법이 오롯이 들어가게 되어 있다. 말이나 글은 하는 사람이나 쓰는 사람의 성격을 고스란히 닮기 때문이다. 이 같은 사실은 간단한 실험으로 확인할 수 있다.

누군가와 나누는 이야기를 녹음하고, 그 녹음을 풀어보라. 한

자도 빼지 말고 오가는 대화를 그대로 풀어보라. 그리고 그 녹취에서 상대방의 말을 지우고 나의 말만 정리해보라. 정리가 끝났으면 그걸 찬찬히 읽어보라. 나름대로 특징이 보일 것이다. 문장을 어떻게 구사하는지, 또 자신만이 사용하는 특정 단어가 무엇인지 눈에 띌 것이다.

그렇다. 바로 이게 당신만의 스타일이다. 의식하지 못해서 그렇지 실제 쓴 글을 보면 문장 역시 이 녹취록을 닮았을 것이다. 이렇듯 나만의 스타일을 만드는 것은 어렵지 않다. 이걸 기본으로 삼아서 글을 쓰면 그게 곧 나만의 스타일이다.

글쓴이는 대부분 독자가 읽고 단박에 누가 쓴 글인지를 알 수 있기를 꿈꾼다. 글은 글쓴이의 성격과 습관 등을 고스란히 드러내는 작업이라는 점을 고려하면 '글쓴이만의 스타일'이 만들어지는 것은 당연하다. 그래서 강조하고 싶은 것은 힘들게 새로운 글쓰기 스타일을 만들려 하지 말고, 지금 만들어져 있는 내식대로 쓰라는 것이다.

소설과 같은 장르을 공부하는 문학지망생이라면 상황이 좀 다르다. 다양한 글쓰기 스타일에 대하여 섭렵한 후, 자기만의 스타일을 만들어야 나름대로 탄탄한 문장력을 장착할 수 있다.

하지만 우리는 작가가 되려는 것이 아니다. 글과는 담을 쌓고 살아온 사람인 데다 앞으로 글로 벌이를 삼아 생계를 유지할 생각이 없다. 물론 열심히 쓰다 보면 전업 작가의 길로 가지 말란 법은 없겠지만, 그건 지극히 예외이다. 그러니 작가처럼 뼈를 깎는 고통을 감수하며 문장 창조를 위하여 노력할 필요가 없다.

또한, 우리의 글은 그런 문장력이 필요하지 않다. 내가 구사할 수 있는 능력껏 쓰면 된다. 소 잡는 칼을 닭 잡는데 쓰는 것만큼 어리석은 일은 없지 않은가. 이 말에 오해가 없길 바란다. 글을 아무렇게나 써도 된다는 말이 아니다. 우리가 써야 할 글은 그 나름의 문법이 있고, 문학은 문학에 어울리는 문법이 있다는 이야기다.

이제 '나만의 스타일'로 맘껏 자판을 춤추게 해보자.

3 짧게 써라。

글쓰기 강의에서 빼놓으면 글쓰기 강의가 아니라고 해도 크게 틀리지 않을 명제가 하나 있다. 바로 '짧게 써라'가 그것이다.

글을 처음 쓰는 사람의 특징을 살펴보면, 문장이 대체로 길다. 하고 싶은 이야기를 가능하면 한 문장에 모두 꾸겨 넣으려 한다. 또한, 문장을 쓰면서 이왕 쓰는 거, 잘 써보겠다는 생각이 앞선 나머지 이것저것 잔뜩 치장(수식)하고 싶은 충동에 사로잡힌다.

우리가 글을 쓰는 이유는 무엇인가. 소설이나 시를 쓰는 작가라면 한 줄 문장에 감동을 주겠다는 목적이 있을 수 있다. 하지만 지금 우리가 쓰는 글은 내가 전하고 싶은 메시지를 전달하기 위해서다. 우리가 쓰는 글을 굳이 장르적으로 구분하면 설명문이다. 설명문의 미덕은 무엇인가. 전자제품 사용설명서의 기능을 떠올려보라. '쉽고, 빠르고, 정확하게' 전달해야 한다.

가장 좋은 설명문 문장은 "'쉽고 빠르고 정확하게' 메시지를 전달해야 한다"는 문장의 기본적인 역할에 충실한 문장이다. 문장을 뭐라고 써놓긴 했는데, 무슨 이유에서든, 읽는이가 문장의 의미를 알 수 없다면, 그건 문장이 아니라 단순한 단어의 나열에 불과하다. 문장은 단어의 나열이 아니라 전달하고자 하는 메시지를 담고 있어야 한다. 그런 점에서 생각하면 쉽고, 빠르고, 정확하게는 문장에서 기본으로 충족시켜야 할 조건이다.

그런 이유에서 글쓰기 강의에서 '짧게 써라'라는 명제는 반드시 언급한다. 사실 문장을 짧게 쓴다는 것은 쉬운 일이 아니다. 글쓰기 초보자라면 얼마나 많이 쓰느냐 하는 양적인 문제가 부담스러워 짧게 쓰는 것이 어렵지 않다고 생각하기 쉽다. 하지만 글을 조금만 써보면 짧게 쓰는 것이, 길게 쓰는 것 보다 훨씬 더 어렵다는 것을 안다.

문장 한 개를 짧게 쓰는 것은 누구나 힐 수 있다. 수식어 활용에 익숙하지 않은 초보자가 되레 더 잘 쓸 수 있다. 하지만 초보 딱지를 막 뗀 운전자가 사고 낼 위험성이 더 크듯, 문장을 조금 구사할 줄 알면 문장을 마구 치장한다.

그럼 글을 좀 써보면 짧은 문장을 쓰는 것이 더 어렵다고 느끼게 되는 이유는 무엇일까. 문장과 문장이 매우 자연스럽게 이어지면서 문맥이 제대로 통하게 써야 하기 때문이다. 이때, 문장과 문장 사이의 문맥을 이어주기 위해선 그리고, 그러나, 하지만… 등과 같은 접속어를 활용한다.

문제는 모든 문장마다 접속어를 사용할 수 없다는 점이다. 모든 문장마다 접속어를 넣는다는 것이 잘못이라는 이야기는 아니다. 접속어가 많으면 되레 논점을 흐리게 할 수 있을 뿐만 아니라 읽는 이로 하여금 문장이 난삽하다는 느낌을 주기 십상이다.

접속어 사용에 관해서는 나중에 따로 살펴볼 기회가 있겠지만, 여기서는 남용하지 말고 적절하게 활용하는 것이 좋다는 말만 하겠다.

음식 맛에 비유해서 설명해보자. 맛에는 흔히 단맛, 신맛, 짠맛, 신맛, 매운맛 등 다섯 가지 맛이 있다. 음식을 잘 요리하려면 이 다섯 가지 맛을 적절히 조화시켜 '담백한 맛'(나는 이 맛이 가장 좋다고 생각한다)이 나도록 해야 한다. 그런데 단맛, 신맛, 짠맛, 쓴맛, 매운맛을 넘어서 담백한 맛을 내기란 쉽지 않다. 온갖 양념을 다 넣고 맛을 내 보지만 영 아니다. 아무나 낼 수 있는 맛이 아니다. 고수만이 가능한 경지다. 고수는 각각의 맛을 내는 양념을 다 넣지 않고 한두 가지 맛의 황금비율로 담백한 맛을 낸다.

문장도 마찬가지다. 바느질한 자리가 없는 선녀(仙女)의 옷처럼

"문장이 기교를 부린 흔적도 없이 극히 자연스러운 경지"의 담백한 문장은 고수들의 몫으로 놔두자. 초보자인 우리는 기본에 충실한 문장을 쓰자.

그렇다면 메시지를 쉽고 빠르고 정확하게 전달하는 문장을 구사하려면 어떻게 해야 할까.

우선 의미를 분산하지 말아야 한다. 의미를 분산하지 않으려면 두 개나 세 개의 주제보다 한 개의 주제를 전할 때 가장 명료하다. 따라서 한 문장에 한 가지 주제만 담으면 전하고자 하는 메시지가 분명해진다. "한 문장에 한 가지 주제만 넣어라(One sentence one topic)"라고 강조하는 이유는 바로 여기에 있다.

그런데 문제는 한 문장에 한 가지 주제만 넣겠다는 일념으로 문장을 쓰다 보면 그것만이 절대 미덕이 아니라는 점이다.

"나는 시간이 없었다. 나는 밥을 허겁지겁 먹었다."

이런 두 문장이 있다고 해보자.

왜 허겁지겁 밥을 먹었는가. 그 원인은 '시간이 없어서'다. 그렇다면 이 두 문장은 몹시 바빴다는 의미가 행간에 숨어 있다. 그런데 단문을 병렬로 배치해서는 그 행간의 의미를 제대로 나타내지 못한다. 시간이 없어 바빠 죽겠는데, '나는'이라는 주어를 두 번씩이나 써야 할 필요가 있을까. 문장 역시 바쁘다는 것을 드러내게 구사하는 것이 좋다. 이럴 땐 복문(두 가지 이상의 주제가 들어간 문장)

을 구사하는 것이 훨씬 효율적이다.

“나는 시간이 없어서 밥을 허겁지겁 먹었다.”

이렇게 원인을 앞에, 결과를 뒤에 두면, 문장을 자연스럽게 구사할 뿐만 아니라 밥 먹을 ‘시간조차 없었음’이 서술어를 수식하는 형태가 되면서 문맥이 분명하게 드러난다. 따라서 ‘짧게 써야 하는 것’이 절대적인 원칙은 아님을 알 수 있다. 가능하면 짧게 쓰는 것이 좋다는 의미이다.

문장은 많이 써보아야 좋아진다는 점은 새삼 강조하지 않아도 익히 알고 있을 터이다. 짧은 문장 역시 많이 써보아야 문장력을 키울 수 있다.

4 구체적으로 써라。

'구체적으로 써라'라는 주제를 설명하기에 앞서 앞에서 이야기했던, 글을 왜 쓰는가 하는 글쓰기 목적을 다시 한번 짚어보고 가자.

답은 간단하다. 독자에게 메시지를 전하기 위해서다. 누군가에게 전할 것이 없다면 굳이 글을 쓸 필요가 없다. 말과 글이 같다는 설명은 이미 했었다. 이 논리에 따르면 말로 해도 될 것이면 말로 하면 그만이다. 더욱이 누군가에게 전할 것도 아닌 단순히 나 혼자만을 위한 것이라면 머릿속에 담아두면 그만이다.

그러나 말이 아닌 글로 써야겠다고 맘먹었다는 것은, 말하는 순간 사라지는 휘발성 강한 말보다는 오래 남기(기록)는 것이 좋다는 판단을 했다는 것이다. 기억에 대한 신뢰도가 떨어지는 머릿속에 저장하기보다는 기록으로 남기는 것이 낫겠다는 생각을 한 것일 터이다.

이런 선택은 "독자에게 메시지를 전하기 위해 쓴다"는 글쓰기 목적을 충족시킨다. 그런데 중요한 것은 독자에게 메시지를 전달하되, 독자의 궁금증을 최소화해야 한다. 즉, 쉽고, 빠르고, 정확하게 메시지를 전달해야 한다.

이 점을 살펴 이 꼭지의 주제에 대해 이야기해 보자.

"구체적으로 써라"라는 명제는 이미 이 주제 문장 속에 답이 다 들어있다. 이 문장을 달리 해석할 여지는 전혀 없다. 글을 쓰되, 구체적으로 쓰라는 것이다. 그럼 어떤 것이 구체적인 것일까. 예를 들어보자.

"나는 점심을 먹었다"라는 문장이 있다.

이 문장을 보면 글쓰기의 가장 친한 여섯 친구, 즉 육하원칙(누가, 언제, 어디서, 무엇을, 왜, 어떻게)의 조건을 거의 충족시키지 못하고 있다. 우선 드는 궁금증은, 메뉴는 무엇이었는지, 맛은 있는 지이다. 이밖에도 누구와 함께 먹었는지, 몇 시에 먹었는지, 어느 식당에서 먹었는지… 등등의 궁금증이 떠오른다.

그럼 점심을 먹었다는 사실(팩트)을 보다 구체화해 보자.

"나는 오늘 점심에 회사 직원들과 ○○식당에서 김치찌개를 먹었다."

이처럼 앞에서 말한 육하원칙의 요소 중 서너 가지만이라도 넣어 문장을 구성하면 훨씬 구체적으로 쓸 수 있다. 구체적으로 쓴다는 것은 두루뭉술한 표현보다는 실제적인 내용을 쓰는 것이다. '점심을' 먹었다 대신 '김치찌개'를, '회사 직원들'과 '○○식당'이라고 명시하는 식이다. 물론, 이 문장에서도 "김치찌개가 맛있었는지"와 같은 궁금증이 더 생기게 마련이다. 그럼 글쓴이는 당연히 그 궁금증을 해소하기 위해 더 구체적으로 쓰면 된다.

"이 식당 주인은 김치찌개에 절대로 라면을 넣지 못하게 한다. 김치 고유의 맛을 해치기 때문이란다. 그래서 이 식당은 아예 사리용 라면을 두지 않는다는 철학을 고집스레 지킨다."

글을 구체적으로 쓴다는 것은 어찌 보면 독자들의 궁금증을 해소하는 작업이라고 해도 틀림이 없다. '점심을 먹었다'라는 표현은 누구나 할 수 있다. 그러나 글쓴이의 감성은 들어가 있지 않다. 그런데 "라면 사리를 못 넣는 김치찌개"라는 표현은 오직 글쓴이만이 쓸 수 있는 문장이다. 독자들은 이런 문장에 감동한다. 온갖 궁금증을 자아내는 문장에는 시큰둥할 수밖에 없다. 도대체 무슨 말을 하고 있느냐며 짜증을 낸다. 누군들 점심을 안 먹느냐, 내가 궁금한 것은 당신이 뭘 먹었느냐, 그 맛이 어땠느냐이다. 그런데 이 문장에서는 도무지 이런 걸 해결해주지 않는다고 읽는이들은 푸념한다.

그렇다면 글쓴이는 독자가 무엇을 궁금해하는지 점검해야 하는 당위가 생긴다. 물론 쉬운 일은 아니지만, 역지사지의 입장에서 나라면 이 두루뭉술한 문장에서 궁금한 것이 무엇일까를 고민하는 것이 일차적인 방법이다. 물론 이것으로 해결되지 않는다. 그래서 쓴 글을 공개하기에 앞서 주변 사람들에게 먼저 읽히고, 읽고 난 소감을 수렴해서 다시 수정하는 작업을 하는 것이다.

예전에 학자 출신으로 총리를 지냈던 분을 인터뷰한 적이 있는데, 이 분은 칼럼을 쓰면 반드시 조교에게 읽히고, 그리고 집에 가져가 아내에게 읽히는 등 의견을 수렴하여 수정한 다음에야 신문사에 보낸다고 했다. 지금도 그가 말한 방식이 생생하게 떠오른다.

구체적이란 말은 사물이나 현상이 일정한 모습을 갖춘 것이다. 그 의미에 충실할 때 당신의 문장은 독자의 공감을 획득한다. 따라서 문장력은 바로 '구체적인 표현'에 달려 있다고 해도 틀린 말은 아니다.

5 설명하지 말고 묘사하라。

'구체적으로 써라'와 밀접한 관계가 있는 글쓰기 명제가 '설명하지 말고 묘사하라'이다. 글을 쓴다는 것은, 거듭해서 말하지만, 읽는이에게 쉽고, 빠르고, 정확하게 전달해야 하는 행위이다. 그래서 어떻게 표현해야 사실 그대로를 담아낼 수 있을까 고민한다. 사건이나 일 등 전달해야 할 무언가를 가능하면 구체적으로 써야 독자들이 그 실체를 쉽고, 빠르고, 정확하게 이해한다고 했다.

독자에게 뭔가를 전달할 때 '쉽고, 빠르고, 정확하게'와 충족해야 하는 또 하나의 조건이 있다. 바로 '생생하게 써야 한다'는 점이다. 독자가 글을 읽을 때 실제상황을 접하는 것과 같은 착각을 불러일으키도록 쓰는 것보다 더 위력적인 표현은 없다.

그런 점에서 이번에 이야기하려고 하는 '설명하지 말고 묘사하라'라는 명제 역시 반드시 다루어야 한다.

그럼 '설명'과 '묘사'가 무엇인지, 어떤 차이가 있는지부터 알아보자.

설명(說明)은 어떤 일이나 대상의 내용을 상대편이 잘 알 수 있도록 밝힌다. 상황이나 모습을 사실적이고 구체적으로 표현한다. 묘사(描寫)는 어떤 대상이나 사물, 현상 따위를 언어로 서술하거나 그림을 그려서 표현한다.

지난 시간에 '점심'보다 '김치찌개'라고 구체화해서 쓰라고 했던 예시를 보자.

"나는 동료들과 11시 반에 점심 먹으러 갔다. 점심 메뉴로 김치찌개를 시켰다. 김치찌개를 맛있게 먹었다."

전혀 문제가 없는 완벽한 서술이다. 그런데 어떤가. 입에 침이 고이지 않는다. 가슴 깊이 와 닿지 않는다. 그렇다면 어떻게 하는 것이 좋을까. 이렇게 해보자. 그림을 그리듯 이 상황을 묘사해보자.

> "시곗바늘이 11시 반을 가리키자 누구랄 것도 없이 서로 눈치를 보내기 시작했다. 굳이 입으로 말하지 않고 눈빛만 봐도 그 의미가 무엇인지 알아차렸다. 이때 김 대리가 '점심 먹으러 갑시다!'라며 자리에서 벌떡 일어났다. 나도 거의 실시간으로 용

수철 튕기듯 일어나 김 대리의 꽁무니를 쫓았다. 오늘 점심 메뉴는 김치찌개다. 제 시간에 오면 줄을 서야 하는데 오늘은 조금 일찍 온 탓에 마지막 한 개 남은 자리를 차지할 수 있었다. 이 식당은 메뉴를 고를 것도 없이 단일메뉴다. 그래서 자리에 미처 앉기도 전에 김치찌개 냄비가 가스버너 위에 올려졌다. 잔뜩 기승을 부리는 시퍼런 가스 불에 금새 김치찌개가 보글보글 끓기 시작했다. 막내가 잽싸게 뚜껑을 열고 들고 있던 라면 사리를 넣은 다음 뚜껑을 덮었다. 이제 한소끔 끓어 넘치면 먹을 수 있다. 그 시간을 기다리기 힘들다는 듯 배에서 꼬르륵 하고 다시 신호를 보낸다. 드디어 먹는다. 우선 라면 사리부터 떠서 각 접시에 담기도 전에 입으로 가져가 후루룩 한다. 맛있다."

어떤가. 내 글솜씨가 부족해 더욱 사실적으로 묘사하지는 못했다 하더라고 앞의 밋밋한 설명적인 문장보다는 훨씬 생생하지 않은가.

이 두 예시를 통해 설명과 묘사가 어떤 개념인지, 또 차이가 있는지를 어렴풋이나마 이해했을 것이다. 설명의 대표적인 사례로 사전이나 백과사전의 문장을, 묘사엔 소설 작품에 나오는 특정 장면을 떠올리면 이해하기 쉬울 것이다.

그렇다면 같은 글이라도 설명보다는 묘사가 좀 더 설득력이 있다는 점에 동의할 것이다. 묘사는 문장을 읽는 동안 머릿속에 상황을 그대로 재현하듯 그린다. 그리고 그 상황에 대한 장면을 정확하고 빠르게 이해할 수 있다. 그래서 설명보다는 묘사가 글쓰기에 유용하다.

그런데 설명과 묘사의 뚜렷한 구분은 쉽지 않다. 다만 설명은 감정이나 감각적인 면이 들어가지 않지만, 묘사는 그런 점들이 많이 들어간다. 물론 언제나 묘사가 설명보다 유리한 것은 아니다. 가령, 그 장면을 죽어도 다시 떠올리기 싫은데도 하는 수 없이 써야 하는 경우가 있다고 해보자. 이럴 땐 당연히 자세한 묘사보다는 담담한 설명으로 정리해야 한다.

다만 글을 쓰려고 하는 초보자라면 담담한 설명보다는 생생한 묘사가 글쓰기를 연습하는데 훨씬 도움을 준다. 장면을 묘사하려면 상황에 대한 인식을 두루뭉술하게 할 것이 아니라 갖가지 요소를 망라하되 꼼꼼하게 표현해야 한다. 그래서 앞의 예시글에서 보았듯 묘사가 설명보다 글의 양적인 면에서 길어진다.

'묘사'를 연습하는 좋은 방법이 있다. 사진 한 장을 준비한다. 아무 사진이라도 상관없다. 그 사진을 보고 그 사진이 어떤 사진인지에 대해 묘사해보라. "친구들과 어울려 산을 배경으로 기념사진을 찍었다"가 아니라 "이 사진은 친구들과 대관령옛길을 걷다가 시원한 계곡물에 세수한 다음 홍길동이 사진 찍자고 해서 모두 좋다며 모여 자세를 취했다.…" 이렇게 단지 사진의 보이는 모습 너머에 있는 배경(스토리)까지 등장시키면서 써보라. 훨씬 생생한 글을 쓸 수 있을 것이다.

아무튼, 이왕지사 글을 쓴다면 읽는이가 실감할 수 있도록 하는 것이 최상이라는 점에서 설명보다는 묘사에 더 중점을 둔 글쓰기를 하면 좋을 듯싶다.

6 문장에 경험을 녹여넣어라

글을 생생하게 쓰려면 어떻게 해야 할까. 글 쓰는 이라면 누구나 이런 고민에서 벗어나 있지 않다. 그래서 나는 앞의 글에서 '구체적으로 쓰기'와 '설명보다는 묘사'가 그나마 생생함을 더해준다고 이야기한 바 있다. 이번에는 다른 방법을 하나 소개하려고 한다.

글을 쓸 때, 뜬구름을 백번 잡아본들 경험담을 쓰는 것만 못하다는 것은, 글과 친하게 지내는 사람은 이미 다 알고 있다. 여기서 오해를 방지하기 위해 약간의 사전 설명부터 하고 넘어가겠다. 글쓰기 문제를 다룰 때 '글감'으로 '경험'을 다루라고 권한다. (이 역시 아주 생생하고 설득력 있는 글을 쓰는 데 도움이 된다) 그런데 지금 내가 설명하려고 하는 것은 경험을 글감으로 사용하라는 것이 아니다. 글을 쓰면서 글 속에 자신의 경험을 녹여 넣으라는 얘기이다. 내 설명력이 부족함을 느끼지만 눈 밝은 독자는 내 의도를 쉽게 눈치챘을 것이다.

경험에는 직접 경험과 간접경험이 있다. 직접 경험은 자신이 직접 겪은 것이고, 간접경험은 직접 겪지는 않고 다른 사람이 겪은 것을 간접적으로 듣거나 읽거나 본 것이다. 간접경험을 하는 방법에는 경험을 한 사람에게서 직접 이야기를 듣거나, 책이나 텔레비전, 신문 등 미디어를 통해 접하는 것이 있다. 물론 살아가면서 모든 일을 다 경험하기는 어렵다. 아니 불가능하다. 그래서 직접 경험 못지않게 간접경험이 중요하다.

지난번 글에서 예로 들었던 '점심시간 풍경'을 갖고 글 속에 경험을 녹여 넣은 것에 관해 설명해보겠다. 이해를 돕기 위해 그 예문을 다시 사용한다.

"시곗바늘이 11시 반을 가리키자 누구랄 것도 없이 서로 눈치를 보내기 시작했다. 굳이 입으로 말하지 않고 눈빛만 봐도 그 의미가 무엇인지 알아차렸다. 이때 김 대리가 '점심 먹으러 갑시다!'라며 자리에서 벌떡 일어났다. 나도 거의 실시간으로 용수철 튕기듯 일어나 김 대리의 꽁무니를 쫓았다. 오늘 점심 메뉴는 김치찌개다. 제 시간에 오면 줄을 서야 하는데 오늘은 조금 일찍 온 탓에 마지막 한 개 남은 자리를 차지할 수 있었다. 이 식당은 메뉴를 고를 것도 없이 단일메뉴다. 그래서 자리에 미처 앉기도 전에 김치찌개 냄비가 가스버너 위에 올려졌다. 잔뜩 기승을 부리는 시퍼런 가스 불에 금세 김치찌개가 보글보글 끓기 시작했다. 막내가 잽싸게 뚜껑을 열고 들고 있던 라면 사리를 넣은 다음 뚜껑을 덮었다. 이제 한소끔 끓어 넘치면 먹을 수 있다. 그 시간을 기다리기 힘들다는 듯 배에서 꼬르륵 하고 다시 신호를 보낸다. 드디어 먹는다. 우선 라면 사리부터 떠서 각 접시에 담기도 전에 입으로 가져가 후루룩한다. 맛있다."

이 글을 읽어보면 경험하지 않고는 쓸 수 없는 표현이 곳곳에 스며있다. 그런데 이 묘사 위주의 글도 경험담이 좀 더 녹아 들어간다면 더욱 생생해질 수 있다.

"나는 11시 반만 되면 당이 급격히 떨어진다. 아침밥을 굶은 노총각 김 대리도 나와 비슷하다고 했다. 누구랄 것도 없이 서로 눈치를 보내기 시작했다. 굳이 입으로 말하지 않고 눈빛만 봐도 그 의미가 무엇인지 알아차렸다. 이때 김 대리가 '점심 먹으러 갑시다!'라며 자리에서 벌떡 일어났다. 나도 거의 실시간으로 용수철 튕기듯 일어나 김 대리의 꽁무니를 쫓았다. 오늘 점심 메뉴는 김치찌개다. 볼 때마다 그 식당은 11시 반부터 줄을 서기 시작한다. 그래서 좀 일찍 가야 먹을 수 있다. 오늘은 조금 일찍 온 탓이 마지막 한 개 남은 자리를 차지할 수 있었다. 이 식당은 메뉴를 고를 것도 없이 단일메뉴다. 그래서 자리에 미처 앉기도 전에 김치찌개 냄비가 가스버너 위에 올려졌다. 잔뜩 기승을 부리는 시퍼런 가스 불에 금세 김치찌개가 보글보글 끓기 시작했다. 막내가 잽싸게 뚜껑을 열고 들고 있던 라면 사리를 넣은 다음 뚜껑을 덮었다. 매번 느끼는 것이지만, 라면 사리는 조금 덜 익은 것이 맛있기에 이제 한소끔 끓어 넘치면 먹을 수 있다. 그 시간을 기다리기 힘들다는 듯 배에서 꼬르륵 하고 다시 신호를 보낸다. 드디어 먹는다. 우선 라면 사리부터 떠서 각 접시에 담기도 전에 입으로 가져가 후루룩한다. 맛있다."

이 예시글은 세 군데(밑줄 친부분)에 걸쳐 경험담을 넣었다. 어떤가. 11시 반만 되면 "당이 떨어진다"라는 자신의 경험에 기초하여 배가 몹시 고프다는 사실을 표현하고 있다. 김 대리의 경우는 전해 들은 간접경험이다.

"볼 때마다 그 식당은 11시 반부터 줄서기 시작한다"라는 것도 '사람이 많다'라는 것이 "볼 때마다"는 표현을 넣어 직접 목격한 사실임을 말한다. "매번 느끼는 것이지만, 라면 사리는 조금 덜 익은 것이 맛있다"라는 표현도 "매번 느끼는 것"이라는 표현을 통해 여러 번 먹어본 결과 그렇더라는 경험으로 사실성을 높여준다.

같은 표현이라도 이렇게 경험담을 글 속에 녹여 넣으면 글이 진실 되게 보인다. 물론 경험담이라 해도 과장하면 되레 아니함만 못하다. 경험담을 얘기하다 보면 분위기에 취해 과장하기에 십상이기 때문이다.

"내가 해봤는데…"는 글을 더욱 생생하고 진실 되게 해주는 중요한 요소이다.

7 문장 성분을 서로 호응시켜라.

앞에서 '문장론'을 다룰 때, 문장의 3가지 구조를 설명하면서 주어와 술어가 서로 호응하여야 한다고 강조했다. 서술어인 동사가 혼자서도 잘 기능하는 자동사인데도 굳이 앞에 목적어를 둔다든가, 목적어의 도움이 필요한 타동사인데도 서술어를 혼자 놀게 한다든가 해서 어색함을 보이게 하는 문제에 대해 알아보았다.

오늘은 이 문제를 조금 더 확장하여 생각하려고 한다. 문법 용어를 사용하여 설명하자면, 목적어와 부사어를 서술어와 서로 호응하도록 써야 한다는 점이다.

우선 부사어의 호응 관계부터 알아보자.

부사어란 "문장 안에서 서술어 역할을 하는 동사와 형용사"를 수식하는 문장 성분을 일컫는다. "나는 밥을 맛있게 먹었다."에서 서술어 '먹었다'를 수식하는 말은 무엇인가. '맛있게'이다. '맛있게'가 바로 부사어이다.

그러면 부사어는 누구와 잘 어울려야(호응) 할까. 당연히 서술어이다. 그런데 우리가 글을 쓰다 보면 "나는 밥을 '어울리게' 먹었다"처럼 이 둘의 관계가 전혀 상관없는 남남처럼 보이게 되는 경우가 있다. 조심해야 한다. 단 서술어가 무엇이냐에 따라 적절한 부사어를 찾아 쓰는 것이 순서이다. 부사어를 먼저 정해놓고 서술어를 선택할 수는 없다. 문장의 기본 골격을 형성하는 요소인 서술어가 우선이기 때문이다.

또한, 특정 부사어의 경우에는 서술어가 반드시 특정 형태를 띠어야만 하는 것도 있다.

가령, '결코'의 경우를 보자.

"나는 결코 학교를 갔다."

이는 잘못된 표현이다. '결코'는 반드시 부정적인 서술어와 호응해야 한다.

"나는 결코 학교에 가지 않았다."

어떤가. 전혀 어색하지 않다.

'아마도'는 추측성 서술어(아마도 밥을 먹었을 것이다.), '모름지기' 당위형 서술어(모름지기 밥을 먹도록 해야 한다.), '비록'은 가정형 서술어(비록 밥을 먹었다 할지라도)가 요구된다.

이번에는 목적어와 서술어의 호응 관계를 살펴보자.

"나는 학교를 갔다."

어떤가. 이 문장은 뭔가 잘못됐다는 느낌이 확 들 것이다. 그렇다. 서술어 '가다'는 혼자서도 역할을 잘 하는 자동사라는 점을 상기하면 그 어색함이 무엇인지 대번에 알아차릴 수 있다. 서술어 앞에 있는 '학교를'이 서술어는 물론이거니와, 이 문장에서 그 어떤 것과도 어울리지 못한다. 왕따처럼 혼자 있다. 그래서 이 문장은 "나는 학교에 갔다"처럼 목적어가 아닌 부사어로 써야 서술어와 제대로 호응하는 모습을 갖는다.

한편 "나는 밥을 맛있게 먹었다"와 같은 문장, 즉 서술어가 타동사면 반드시 목적어가 있어야 하고 또 서술어와 호응해야 한다. 흔히 틀리기 쉬운 경우다. "나는 밥이 먹고 싶다." 이 문장은 얼핏 보아 괜찮을 듯싶지만 역시 목적어가 없으므로 '밥이'를 '밥을'로 바꾸어 써야 한다. "나는 밥을 먹고 싶다."

또한, 앞에서 설명한 목적어가 하나인 경우엔 목적어와 서술어의 호응 관계가 잘못된 비문을 쓰는 경우는 거의 없다. '밥을 듣는다, 자전거를 먹는다…' 이렇게 쓰지는 않는다. 그런데 목적어가 두 개 이상 나열될 때에는 실수를 많이 한다.

"담배나 떡을 먹는다."

이럴 경우, 대부분 뒤에 있는 목적어와 호응하는 서술어를 쓰곤 한다. 그래서 이 예시 문장도 '떡'과 호응하는 '먹는다'를 썼다. 또한 '담배'나 '떡'이 다 입으로 들어가는 것이기에 별생각 없이 '먹는다'와 호응시킨다. 그러나 이런 경우엔 각각의 경우와 호응하는 서술어도 열거해야 한다.

"담배를 피우거나 떡을 먹는다."

문장을 구성하는 주어나 목적어, 서술어 등의 성분들은 어찌 보면 각기 나름의 역할을 하며 독립된 존재처럼 보일지도 모른다. 물론 독립된 존재이다. 그러나 때론 다른 성분들의 영향을 많이 받는 존재이다. 사람들이 서로 어울려 살아야 하듯 문장을 구성하는 성분 역시 끼리끼리 놀며 서로 어울려야 한다. 잘못된 만남은 부자연스러움을 넘어 엉뚱한 결과를 낳는다. 애초 전하고자 하는 메시지는 온데간데없고 뜻밖의 의미로 읽는이에게 전달된다. 그런 문장은 되레 안 쓰는 것만도 못하다. 그래서 문장은 각 요소가 유유상종해야 제맛이 난다. 문장 성분끼리 서로 호응해야 하는 이유다.

8 접속사를 남용하지 마라。

중국 송나라 때 설화집《태평광기(太平廣記)》에 '천의무봉(天衣無縫)'이란 사자성어가 만들어진 유래가 나온다.

"얼굴도 잘 생기고, 말도 잘하고, 또 글도 잘 쓰는 곽한(郭翰)이라는 사내가 있었다. 어느 무더운 여름날 밤, 그는 나무 밑에서 바람을 쐬다가 하늘에서 내려온 아름다운 선녀를 만났다. 꿈을 꾸는 듯한 황홀감에 빠진 그는 선녀에게 하늘나라에서 온 것을 증명하라고 했다. 그러자 선녀는 그에게 옷을 보여줬다. 그런데 선녀의 옷은 가볍고 부드러운 데다 옷에 꿰맨 흔적이 전혀 보이지 않았다. 그래서 곽한은 이 같은 사실이 믿기지

> 않아 고개를 갸웃거리며 선녀에게 옷에 바느질 자국이 없는 까닭을 물었다. 그러자 선녀는 하늘나라에서는 옷을 지을 때 바늘과 실을 사용하지 않는다고 대답했다. 천의무봉! 선녀의 옷에는 꿰맨 흔적이 없다!"

글쓰기 얘기를 한다면서 느닷없이 사자성어 고사를 꺼낸 것을 의아해할 것이다. 하지만 접속사 사용에 관한 이야기의 의미와 딱 들어맞는 적절한 예가 이것이다, 싶어서 이 사례를 들었다.

글쓰기 책을 보면 으레 접속사 사용 문제에 대해 다룬다. 어떤 책은 접속사를 아예 사용하지 말라고까지 주장한다. 이는 '천의무봉'과 같은 문장을 구사하라는 이야기다.

천의무봉의 사전적 풀이는 "시나 문장이 꾸밈없이 자연스럽고 깔끔해 흠잡을 데가 없음을 이르는 말"이다. 이 의미를 가장 적나라하게 보여주는 이어령 교수의 '문장론'이 있다. 인용해본다.

> "기량이 있는 상목수는 못질을 하지 않는다. 못 하나 박지 않고 집 한 채를 짓는다. 억지로 못질을 하여 나무를 잇는 것이 아니라 서로 아귀를 맞추어 균형과 조화로 구조물을 만든다. 문장과 문장을 이어가는 기술도 마찬가지이다. 서툰 글일수록 '그리고, 그래서, 그러나'와 같은 접속사의 못으로 글을 이

어간다. 그런 글을 읽다 보면 못을 박는 망치 소리처럼 귀에 거슬린다. 잘 다듬어진 글의 이미지와 리듬은 인위적으로 접속사를 붙이지 않아도 자석처럼 서로 끌어당기고 어울려서 자연스럽게 이어진다. 글의 앞머리만이 아니다. 글을 맺는 종지형도 마찬가지이다. 서툰 글일수록 '것이다'로 끝맺는 것이 많다. 한 글에 '것이다'를 몇 번 썼는가, '그리고' '그러나'와 같은 접속사를 얼마나 썼는가 하는 기계적인 통계만으로도 악문과 명문을 구별해낼 수 있다."

다시 돌아와서 하던 얘기를 계속하면, 여기서 바느질을 접속사로 비유하면(이어령 교수는 접속사를 '못'으로 비유했다), '바느질 없는 옷'은 '접속사 없는 문장'이라고 읽어도 무방하다.

글은 문장과 문장이 계속 이어져서 이루어진다. 물론 한 문장으로 된 글도 있겠지만, 대부분은 적어도 두 문장 이상이다. 그렇다면 당연히 문장과 문장의 자연스러운 연결 문제가 글쓰기의 중요한 과제가 된다.

접속사의 사용은 바로 이 문장과 문장을 연결할 때 필요하다. 때로는 문장 중간에 자연스러운 연결을 위해 사용하기도 한다. 그런 점에서 접속사는 필요한 곳에서 사용하면 된다.

그런데 이어령 교수의 글에서 보듯 '못 하나 박지 않고 집 한 채를 짓'듯 접속사 한 개 쓰지 않고 글을 쓸 수 있을까. 이어령 교수는 정말 접속사를 한 단어도 사용하지 않고 글을 자연스럽게 전개한다. 하지만 가능할 수는 있어도 현실에 적용하기에는 상당한 무리가 있다. 특히 글쓰기 초보자인 우리에게는 더더욱 어려운 일이다.

접속사를 사용하지 않고 글을 써야 한다는 것은 아니다. 꼭 필요한 곳에는 써야 한다. 이어령 교수의 말도 정말로 못 하나 박지 않고 집을 짓는다기보다는 가능하면 못을 쓰지 말자는 의미일 것이다.

나는 접속사는 필요한 곳에 사용하여 문장이 자연스럽게 흐르도록 해야 한다고 생각한다. 그래서 '천의무봉'이란 표현을 너무 의식하지 말길 바란다. 접속사를 안 쓰는 것이 가장 좋겠지만 전혀 쓰지 않고는 글을 쓸 수 없음이 현실이다. 요즘엔 천의무봉보다 바늘땀을 드러내는 것이 디자인으로 받아들이듯 접속사의 적절한 사용은 오히려 문장에 활기를 불어넣는다.

사실 접속사는 사용하라고 존재한다. 우리 한글 문법에도 접속사는 어엿한 품사로 존재한다. 애당초 필요 없는 존재라면 따로 품사의 이름을 지어 이야기할 필요가 없었으리라. '접속사'는 문장에서 나름대로 분명한 역할을 하고 있기에 엄연하게 존재감이 있다.

다만 접속사를 쓰되, 남용하지 않아야 한다. 과도한 접속사 사용은 되레 글의 흐름을 방해할 수 있기 때문이다. 앞에서 내가 썼던 '천의무봉' 고사 이야기를 다시 그대로 가져와서 읽어보자.

> "얼굴도 잘생기고, 말도 잘하고, 또 글도 잘 쓰는 곽한(郭翰)이라는 사내가 있었다. 어느 무더운 여름날 밤, 그는 나무 밑에서 바람을 쐬고 있다가 하늘에서 내려온 아름다운 선녀를 만난다. 꿈을 꾸는 듯한 황홀감에 빠진 그는 선녀에게 하늘나라에서 온 것을 증명하라고 한다. 그러자 선녀는 그에게 옷을 보여준다. 그런데 선녀의 옷은 가볍고 부드러운 데다 옷에 꿰맨 흔적이 전혀 없었다. 그렇지만 곽한은 이 같은 사실이 믿기지 않아 고개를 갸웃거리며 선녀에게 옷에 바느질 자국이 없는 까닭을 묻는다. 그러자 선녀는 하늘나라에서는 옷을 지을 때 바늘과 실을 사용하지 않는다고 대답했다. 천의무봉! 선녀의 옷에는 꿰맨 흔적이 없다!"

밑줄 친 것에서 보듯 모두 다섯 곳에 접속사를 사용했다. 그런데 이 접속사를 꼭 써야 했을까? 나는 앞에서 글을 쓸 때 나중에 예시글로 사용하려고 일부러 접속사를 넣었다. 애초에 썼던 글은 이랬다.

"얼굴도 잘생기고, 말도 잘하고, 글도 잘 쓰는 곽한(郭翰)이라는 사내가 있었다. 어느 무더운 여름날 밤, 그는 나무 밑에서 바람을 쐬다가 하늘에서 내려온 아름다운 선녀를 만난다. 꿈을 꾸는 듯한 황홀감에 빠진 그는 선녀에게 하늘나라에서 온 것을 증명하라고 한다. 선녀는 그에게 옷을 보여준다. 선녀의 옷은 가볍고 부드러운 데다 옷에 꿰맨 흔적이 전혀 없었다. 곽한은 이 같은 사실이 믿기지 않아 고개를 갸웃거리며 선녀에게 옷에 바느질 자국이 없는 까닭을 묻는다. 선녀는 하늘나라에서는 옷을 지을 때 바늘과 실을 사용하지 않는다고 대답했다. 천의무봉! 선녀의 옷에는 꿰맨 흔적이 없다!"

이어령 교수가 말한 것처럼 못 하나 박지 않고 지은 집과 같이 접속사를 한 단어도 사용하지 않았다. 어색한가. 읽을 만할 것이다. 그렇지만 접속사가 들어가면 뜻을 보다 명확하게 해줄 수도 있다. 접속사의 종류를 보면 그 역할을 보다 분명하게 알 수 있다.

접속사에는 여러 가지 종류가 있다. 우리가 잘 알고 있는 순접 관계와 역접 관계의 접속사를 우선 꼽을 수 있다. 순접 관계는, 말 그대로 차례대로 연결해주는 접속사를 말한다. '그리고, 그래서, 그리하여, 이처럼' 등이 있다. 역접 관계는 순접 관계의 반대개념으로 앞의 문장과 반대되는 문장을 구사할 때 사용하면 좋다. '그러나, 그렇지만, 하지만'이 여기에 해당한다.

이밖에도 '그러므로, 따라서, 왜냐하면' 과같이 원인과 결과의 관계를 연결하는 인과관계, '예를 들면, 가령, 예컨대'와 같은 예시 관계, '또, 그뿐만 아니라, 더구나'와 같은 첨가 관계, '그런데, 아무튼, 그러면'과 같은 전환 관계, '그리고, 한편'과 같은 대등 관계, '따라서, 다시 말하면, 곧'과 같은 환원 관계 접속사가 있다.

하지만 복잡하게 '~관계 접속사'라는 말을 너무 의식하지 않았으면 한다. 이미 우리 몸이 접속사의 바른 사용에 관해 잘 알고 있기 때문이다. 글을 쓰다 보면 자연스럽게 접속사가 떠오른다. 그때 떠오른 접속사를 쓰면 된다. 다만 접속사를 꼭 써야 하는가에 대해서 한 번 생각해볼 필요가 있다. 접속사 사용에 우리는 너무 익숙해 있기 때문이다. 점검해보고 사용하지 않아도 무방하면 생략하는 것도 좋은 방법이다.

뭐든 지나치면 해롭다. 접속사도 마찬가지다. 문장마다 접속사를 사용하면 글을 읽기가 불편해질 수 있다. 또 접속사가 있으면 좋을 듯한 데도 접속사가 없으면 그 문장 역시 읽기가 불편하다. 그래서 접속사는 사용하되, 남용하지 말고 꼭 필요한 곳에는 써야 한다.

9 상징과 비유를 활용하라。

앞에서 '좋은 글'은 '사실을 있는 그대로 표현한 글'이라고 말한 바 있다. 그 명제가 여전히 유효하게 작동한다는 전제 아래 이야기를 해보겠다.

글을 쓰다 보면 보고, 듣고, 느낀 그대로 표현했는데도 왠지 2% 부족하다는 생각이 들 때가 있다.

아주 흔하고 상투적인 예시문이지만 "내 얼굴은 둥글다"라는 문장을 한 번 보자.

전혀 이상하지 않다. 나의 얼굴이 둥글다는 사실을 제대로 표현하고 있다. 다만 이 문장이 영혼 없는, 기계적인 표현처럼 마음 속에 쏙 와 닿지 않는다는 게 문제이다. 이런 감수성이 부족한 문장을 혹 잘못된 문장이라고 오해하지 않길 바란다. 절대 잘못된 문장이 아니다. 정확한 문장이다. 읽는이의 마음을 움직이는 데 조금 부족할 뿐이다.

이런 경우 이미지의 확장성이 부족하다는 점에서 글쓴이들은 고민한다. 나의 얼굴이 둥글다는 사실 전달에는 성공했을지라도, 읽는이가 이 메시지를 보다 풍성하게 느끼도록 공감을 끌어올리는 데는 실패했다. 얼굴이 둥글다는 사실은 후덕하다는 이미지인지, 볼살이 많이 찐 것인지, 원래 체형이 비만인지 등의 이미지는 전혀 떠올릴 수 없다. 그리고 뭔가 생기가 꿈틀거리지 않는다. 심하게 말하면 죽은 문장이다.

그렇다면 이런 문장에 생기를 부여할 방법은 없을까?

있다. 비유법을 사용하면 문장의 밋밋함을 극복할 수 있음은 물론이거니와, 죽은 문장을 살아 숨 쉬게 할 수 있다. 비유법은 표현하고자 하는 대상을 다른 대상에 비유하여 표현하는 수사법이다. 그러니까, 앞의 예시문으로 설명하면, 문장의 핵심 메시지는 나의 '얼굴'이 '둥글다'라는 것인데, '얼굴'(표현하고자 하는 대상)을 다른 '대상'에 비유해 표현하는 것을 말한다.

그렇다면, 얼굴과 비슷한 모양을 가진 무언가를 가져다가 비유하면 된다. 둥근 얼굴을 다른 무엇, 즉 둥근 모양을 나타내는, 그러면서도 읽는이들이 대뜸 얼굴로 알아채는 물건에 비유하면 된다. 그래서 둥근 모양의 얼굴을 대신할 수 있는 상징물인 '보름달'을 사용하여 문장을 수정해보자.

"나의 얼굴은 보름달처럼 둥글다."

처음 읽었던 밋밋함보다는 마음에 끌림이 생길 것이다. 그렇다면 '보름달'보다 조금 더 감각적인 말인 '달덩이'로 비유를 해보자.

"달덩이 같은 누님 얼굴"

어떤가. 시에서 본 듯한 표현이지 않은가.

그럼 이번에는 둥근 것을 상징하는 것으로 '굴렁쇠'나 '동전'을 사용하면 어떨까. 물론 사용해도 된다. 나의 얼굴이 '굴렁쇠처럼 둥글다.' '동전처럼 둥글다.' 그런데 문장의 맛이 '보름달'이나 '달덩이'만큼 안 나는 아쉬움이 있다.

한 가지 예를 더 들어보자. 얼굴이 부풀어 있다고 해보자. 이러면 '찐빵처럼 부풀어 있다'와 '거품처럼 부풀어 있다'에서 어느 표현이 더 와 닿는가. 나는 당연히 '찐빵'이 더 와 닿는다고 생각한다.

이처럼 비유의 대상물은 글 쓰는 사람이 전하고자 하는 메시지에 충실하여 선택하면 된다. 꼭 이거야만 된다는 것은 없다. 물론 '달덩이'나 '찐빵'처럼 독자의 공감대를 크게 얻을 수 있는 것일수록 좋다.

비유법에는 직유법을 비롯하여 은유법, 의인법, 대유법, 활유법, 풍유법 등이 있다.

그런데 이렇게 많은 비유법 모두를 잘 활용하면 그보다 더 좋을 수는 없다. 하지만 그 복잡함에 "어휴~ 그걸 다 어떻게" 하면서 낙담부터 하게 된다. 그럴 필요는 없다. 내가 글을 써본 경험에 비추어보면, 직유법과 은유법만 제대로 알아도 좋은 문장을 구사하는 데 크게 불편함이 없다. 해서 직유법과 은유법만이라도 제대로 활용하도록 노력해보자. 다음은 몇 가지 비유법에 관한 설명이다.

- 직유법은 앞의 예시문에서 '보름달처럼', '달덩이처럼'과 같이 '~처럼'을 비롯하여 '~같이', '~듯', '흡사' 등의 연결어를 사용하여 표현한 비유법이다. 표현하고자 하는 대상을 직접 비유하는 방법이다.

  예: 구름에 달 가듯이, 굼벵이같이 느려 터진
- 은유법은 표현하고자 하는 원관념과 비유하는 대상인 보조관념이 직접 드러나지 않고 간접적으로 같도록 표현하는 경우를 말한다. 흔히 '~은 ~이다'로 표현된다.

  예: 그녀의 눈은 호수다(호수처럼 맑고 깊은 눈이라는 의미)

  나는 언제나 당나귀다(당나귀처럼 짐꾼이라는 의미)
- 의인법은 동식물이나 무생물을 사람처럼 표현하는 비유법이다.

  예: '가만히 놔둔 핸드폰이 한걸음에 달려갔다'에서 핸드폰

이 사람처럼 '달린다'라는 표현을 했다.

- 대유법은 사물의 명칭을 직접 쓰지 않고 사물 일부나 특징을 들어서 그 자체나 전체를 나타내는 비유법을 말한다.
  예: '요람에서 무덤까지'에서 요람은 출생, 무덤은 죽음을 의미한다.
- 활유법은 생명이 없는 것을 생명이 있는 것처럼 표현하는 비유법이다.
  예: '발에 걷어차인 돌부리가 아파했다'에서 생명이 없는 돌이 살아있는 생명처럼 아픔을 느낀다고 표현했다.
- 풍유법은 표현하고자 하는 대상은 드러내지 않은 채 보조관념만으로 의미를 암시하는 비유법이다.
  예: '등잔 밑이 어둡다'라는 눈앞에 있는 일을 오히려 먼 곳에 있는 일보다 모른다는 의미를 나타낸다.

이밖에도 비유법 범주에 드는 몇 가지가 더 있을 수 있지만, 여기서는 이만한다.

말 잘하는 국회의원이 많이 있지만, 특히 지금은 고인이 된 정의당의 노회찬 의원은 감칠맛 나는 표현으로 듣는이의 마음을 사로잡곤 했다. 가만히 살펴보면, 그는 비유법을 잘 활용하고 있음을 알 수 있다. 그래서 사람들은 그에게 '비유의 연금술사'라는 별명을 붙여주었다. 이처럼 비유법을 적절히 구사하면 읽는이의 가슴에 확 가닿는 글을 쓸 수 있다. 비유법이 글 잘 쓰는 비결 아닌 비결이다.

이번에는 문장에 생기를 불어넣는 또 하나의 방법인 '상징'에 대해 알아보자.

사전은 상징을 "추상적인 사물이나 관념 또는 사상을 구체적인 사물로 나타내는 일"이라고 풀이하고 있다. 우리가 흔히 만나는 '비둘기'는 무엇을 상징하는가? 아마 이 물음은 유치원생도 너끈히 대답할 수 있을 만큼 쉬운 문제다. 그렇다. '평화'이다.

이런 상징은 시에서 많이 사용하는 표현이다. 하지만 우리가 일상적으로 쓰는 글에 사용하면 글이 훨씬 품위가 있다.

상징에는 앞에서 예를 든 '비둘기'처럼 관습적으로 누구나 아는 것도 있지만 글쓴이가 글의 문맥에 따라 만드는 것도 있다. 가령, "까마귀 노는 곳에 백로야 가지 마라"라는 시조에서 '까마귀'는 '나쁜 친구'를, '백로'는 '순수한 사람'을 상징하는데, 이는 상당수가 공감하기도 하겠지만 글쓴이가 만들어 낸 상징이다. 그렇지만 누구나 글을 읽으면서 이 상징의 의미를 충분히 알아차릴 수 있다. 상징을 적절하게 활용하면 글의 품격을 한 단계 상승시켜 줌과 동시에 읽은 이의 이해를 돕는 훌륭한 글쓰기 방법이다.

10 상투적 표현을 삼가라!

지인들에게 이런 새해 인사말을 건넸던 적이 있을 것이다.

"올 한해도 건강하고, 하고자 하는 일 꼭 이루길 빕니다."

이런 문구를 하나 써(골라)놓고 '복사하기-붙여넣기'를 반복하며 지인에게 문자를 보내지는 않았는지? 아마도 많은 사람이 이렇게 했을 것이다. 반대로 자신이 보냈던 것과 토씨 하나 다르지 않은 문구의 연하장을 받지는 않았는가. 어떤가? 그런 새해 인사가 감동을 주던가. 물론 보내지 않은 것보다 보냈다는 성의가 무척 고맙긴 하다.

이에 대해 혹자는 '복사하기-붙여넣기'가 연하장을 인쇄하던 것에 견주어 똑같은 문구가 들어가는 것이 뭐가 이상하냐고 할지도 모르겠다. 여기서는 이에 대한 논쟁은 논외로 치고, 내가 말하려는 요지는 글을 쓸 때, '그렇고 그런' 표현은 되도록 쓰지 않는 것이 좋다는 말을 하고 싶은 거다. 가령, 하는 일마다 실패하는 사람을 만나 위로의 말을 건넨다고 해보자. 그럴 때 대다수는 "힘내!" "화이팅!" "잘 될 거야!"라고 한다.

그런데 이런 위로의 말은 듣는이에게 결코, 위로가 되지 않는다. 왜일까? 아마도 누구에게서나 계속 들어왔던 말이기에 새삼스럽게 와 닿지 않기 때문이리라. 심하게 말해 영혼이 전혀 담기지 않은 말치레에 불과하다고나 할까.

이런 표현을 우리는 '상투적'이라고 한다. 무슨 상황이나 행동이 일어났을 때 당연히 반사적으로 나오는 반응이다. "늘 써서 버릇되다시피 한"이라는 '상투적'의 사전적 의미를 보더라도 듣는이에게 그다지 감동을 안기지 못하는 표현임은 틀림이 없어 보인다.

물론, 글을 쓰다 보면 상투적인 표현을 쓰게 마련이다. 어떤 경우엔 꼭 써야 하는 경우가 있다. 그래서 상투적인 표현이 의미가 있으려면 진정성이 있어야 한다. 진정성 없는 표현은 상투적이지 않다고 해도 듣는이에겐 '빈말'로 들릴 수 있다.

글쓰기는 창작이다. 그래서 문장 하나를 쓰기 위해 고심에 고심을 거듭하며 이렇게도 써보고 저렇게도 써보며, 쓰다 지우기를 반복한다. 쓴 글이 흡족하지 않아 글쓰기 진도는 진도대로 앞으로 나아간다 해도 자꾸 뒤돌아본다. 어렵게 또박또박 써 내려간 문장은 독자들이 먼저 알아본다. 행간 속에 생각의 흔적이, 고민의 흔적이, 분투의 흔적이 고스란히 들어있기 때문이다.

이렇게 얘기하면 이제 막 글쓰기를 시작한 초보 글쓴이는 절망한다. 어쩌라고. 날개도 없는데 자꾸 날라고만 하느냐고. '상투적인 표현을 피하라'는 말에 괜히 주눅 들어 어렵다고 반응한다. 물론 심금을 울리는 표현을 하기란 쉽지 않다. 하지만 처음부터 그런 시도를 하라는 것은 아니다. 조금만 생각을 바꾸면 얼마든지 상투적인 표현을 피할 수 있다.

앞에서 예로 든 새해 인사말의 경우, 건강이나 소망을 이루라는 것도 좋지만 보내는 사람의 상황을 조금만 헤아리면 상투적인 표현에서 쉽게 벗어날 수 있다.

"올해는 큰딸이 꼭 대학에 합격하길 빕니다." "계획했던 책을 꼭 출간하길 바랍니다." 이왕 예를 드는 김에 절망한 친구에게 건네는 위로의 말도 바꿔보자. "실패했다고 성공이란 단어가 멀리 도망간 것은 아니오!" "세상 웃긴다고 소리 한 번 크게 질러 보시오!" 물론 이 어색한 억지 표현이 어떨지는 모르지만 "힘내!" "파이팅!"보다는 행간에 고민한 흔적이 들어있지 않은가.

심금을 울리는 것은 문장에 담긴 내용이다. 이렇듯 인사말을 건네는 상대의 현재 상황을 헤아려 구체적으로 표현하면서 상투성을 피하는 것이 좋다.

11 일본어 투 표현을 피하자。

2018년 2월에 열린 국회 교문위에서 자유한국당 이은재 의원이 김상곤 교육부 장관을 상대로 질의하던 중 유성엽 위원장이 끼어들자 "왜 겐세이를 하느냐"고 거칠게 항의하는 일이 있었다.

이 발언이 나온 자초지종과 이후 확대 재생산된 일에 대해서는 당시 많은 미디어에서 흥미롭게 다루었다. 그럼에도 내가 이 이야기를 다시 꺼낸 것은 우리 말글살이에 깊숙이 침투한 일본어 투 표현을 지적하기 위해서이다. 일본어도 외국어의 범주에 들어가지만, 여느 외국어와 다른 것은 우리나라가 일제 식민지를 겪으면서 일본어가 특히 우리 말 속에 많이 침투해 있다는 점이다.

이은재 의원이 호기롭게 뱉은 '겐세이'는 '견제'라는 의미의 일본말이다. 당구를 쳐본 사람은 이 말을 입에 달고 게임을 했을 만큼 우리 말글살이 깊숙한 곳에 자리 잡고 있다. 그러나 이 일본어를 우리의 일상어로 사용하기엔 멀쩡한 우리말이 있기에 부적절하다. 하물며 국회의원의 발언이 더 문제가 되었던 것은 3·1절을 바로 코앞에 둔 시의성까지 겹쳐 있었다.

이처럼 우리는 말을 할 때 부지불식간에 일본어나 일본어 투의 표현을 쓴다. 물론 나도 이 글을 쓰면서 일본어 투의 표현을 확실하게 쓰지 않았다는 단정에서 자유롭지 못하다. 혹 일본어나 일본어 투 표현이 있더라도 너그럽게 양해하시길 바란다. 모르고 쓴 것이니까.

문제의 심각성을 더하는 것은 이를 고치려고 노력하지 않을뿐더러 아주 많이 즐겨(?) 사용하여 자신도 모르게 입에 달고 산다는 점이다. 우리가 의식하고서라도 일본어 단어나 일본어 투의 표현을 덜 하려고 애써야 한다. 그 이유는 새삼 설명을 하지 않아도 독자들이 더 잘 안다. 특히 글을 쓰고자 하는 우리가 이 문제를 더 심각하게 받아들이고 실천하려는 노력이 필요하다.

일본어나 일본어 투의 표현을 가능하면 하지 말아야 하는 것은 당연한 말글살이 차원이기도 하거니와, 사실 내가 글을 써보니까 우리말로 표현하는 것이 의미 전달이 더 잘 되기 때문이다. 아울러 더 세련된 문장을 구사할수 있다.

이 점을 살펴 부지불식간에 우리가 흔히 쓰는 몇 가지 일본어 투 표현을 알아보자.

먼저, '~의'의 남용이다. 우리말의 '의'는 "체언의 뒤에 붙어 선행하는 체언이 사물에 대한 소유의 주체임을 나타내는 관형격 조사"이다. 때로는 "'에', '에서', '에게', '로', '에로', '에게로'와 같은 조사나 다른 보조사 뒤에 붙어 뒤에 오는 체언을 수식하게 하는 관형격 조사"이다.

그런데 일본어 소유격 'の'(노)가 흔히 우리말 '의'로 번역이 되는데, 일본어에서 'の'는 우리가 상상하는 것보다 훨씬 많은 부분에서 사용된다. 그런데 이 표현들이 우리말로 번역되는 과정에서 가감 없이 그대로 번역하고 그 문장을 반복해 읽으면서 자연스럽게 우리 문장처럼 느낀다.

예전에 내가 〈아웃사이더〉라는 잡지를 만들 때 '민주사회를위한변호사모임'(이하 민변)의 강연집을 〈시대와 소통〉이라는 제목을 달고 책으로 묶었던 적이 있다. 이때 나는 아무 생각 없이 책 제목을 '시대와의 소통'이라고 지어서 민변 담당자와 협의했는데, 가장 먼저 지적된 것이 바로 '의'는 일본어 투 표현이므로 이를 빼고 '시대와 소통'으로 해야 한다고 했다. 이처럼 우리도 모르게 '의' 자를 남용하고 있는데, 세심히 살펴보고 사용할 필요가 있다.

'~것이다'도 주의해야 할 일본어 투 표현이다. 책을 만들거나 신문을 만들면서 교정 교열을 보면 의외로 '~것이다' 표현이 많음을 발견한다. 이 책에도 아주 많다. 이 역시 가능하면 쓰지 않는 것이 좋다. 가령, "아무리 생각해도 그가 생각하는 것이 옳은 것이다."라는 문장은 "아무리 생각해도 그가 생각하는 것이 옳다." 라고 해야 한다.

'~에 있어서'도 우리가 흔히 사용하는 일본어 투 표현 중의 하나다. 얼핏 보면 '에 있어서' 앞에 있는 명사를 강조하려는 의도에서 이런 표현을 많이 쓴다. 이 역시 조심해서 써야 한다. 가령, "일본어 투를 공부함에 있어서 그 점이 매우 중요하다."라는 문장은 "일본어 투 공부에서 그 점이 매우 중요하다."라고 써도 전혀 어색하지 않다. 되레 문장이 자연스럽게 흐르는 느낌을 주어 더 좋다.

'~적'도 우리가 신경 써야 할 일본어 투 표현이다. 가령, "심적으로 너무 불편하다"라는 문장에서 보듯이 '적' 자가 자연스럽게 들어가 있는데, 소리 내어 읽어보면 뭔가 불편함이 느껴진다. 이 문장 역시 "마음이 너무 불편하다"로 고쳐 쓰는 것이 더 바람직하다.

우리가 자주 쓰는 일본어 투 표현 하나만 더 예를 들면, 영어의 현재진행형 표현이다. be동사 다음에 동사의 어미에 ing를 붙이면 소위 '~하는 중이다'로 번역한다. 그런데 이 표현도 일본어 투라는 지적이 많다. 영어 표현을 일본어로 번역할 때 이런 식으로 하는데, 이것이 그대로 우리말에 들어온 경우이다. 우리말 '~한다'만으로도 현재진행형의 의미를 제대로 전달할 수 있다. 가령, "나는 학교에 가는 중이다."를 "나는 학교에 간다."라고 써야 한다.

이밖에도 일본어 투 표현은 많다. 하지만 앞에서 예를 든 것만이라도 사용하지 않는다면 우리가 쓰는 글은 한층 우리말다워진다.

이왕 말이 나온김에 하나 더 얘기하면, 앞에서 이은재 의원의 '겐세이'와 같은 일본어가 그대로 우리말처럼 사용되는 경우가 너무나 흔하다는 점이다. '오뎅'이나 '닭도리탕', '찌라시'와 같이 거의 우리말화한 것도 많다. 물론 세계화 시대에 해당 국가의 언어로 말하는 것이 크게 문제가 될 것은 없지만 엄연히 '어묵' '닭볶음탕' '전단지' 같은 우리말이 있음에도 굳이 일본어를 쓰는 것은 올바르지 못하다.

12 외국어를 남용하지 말자。

글을 쓰다 보면 우리가 정말 외국어를 많이 사용하고 있다는 것을 느낀다. 여기서 외국어는 버스, 컴퓨터, 피아노처럼 "외국에서 들어온 말로 국어처럼 쓰이는 단어"를 의미하는 외래어와는 구별한다.

말이 나온 김에 용어를 정리하고 넘어가자. 외래어는 라디오, 텔레비전, 커피처럼 우리말로 대체할 단어가 없어서 아예 외국어를 그대로 우리말처럼 사용하는 것을 이른다. 외국어는 우리말로 대체가 가능한 경우이다. 스커트를 치마로, 뮤직을 음악으로 대체할 수 있다.

아무튼, 요즘엔 이런 외국어를 쓰지 않고서는 생활은 물론이거니와, 글을 쓰기가 사실상 불가능하다고 해도 틀리지 않다. 우리말 속에 외래어를 포함한 외국어가 너무 많이 들어와 있기 때문이다. 한자어를 포함해 우리말의 70%가 외래어라는 얘기가 있다. 한자어를 뺀 외래어는 5% 정도 된다는 통계도 있다.

우리 말 속에 외래어/외국어가 많이 들어올 수밖에 없었던 것은 역사적으로 한자어권이라는 점과 일본 식민지의 영향, 그리고 세계화 시대여서 서양의 말이 그대로 들어왔기 때문이다.

그렇다면 글을 쓸 때 외래어는 달리 대체할 말이 없으므로 그대로 사용해야 하지만, 외국어는 어떻게 해야 할까.

이 물음에 대한 답은 당연히 알고 있는 바대로이다. 우리말로 쓸 수 있음에도 불구하고 굳이 외국어를 쓰는 것은 바람직하지 않다. 우리말을 소중히 여기고 계승 발전시켜 나가야 한다는 교과서 같은 말을 다시 반복할 수밖에 없다.

그런데 지나친 우리말화는 전달하려는 의미를 훼손할 수 있다는 점을 지나쳐서는 안된다. 북한 축구 중계에서 코너킥을 구석차기로 표현하는 것을 들은 적이 있을 것이다. 또 아이스크림을 어름보숭이로 말한다. 어떤가. 그 의미가 와 닿는가. 물론 말글살이라는 게 오래 사용하여 토착어가 되면 상황이 달라질 수 있다. '노견'이라고 부르던 것을 온 국민이 합심해 '갓길'로 고쳐 부른 결과 '노견'은 이제 사전에서나 존재하는 사어(死語)가 되었던 사례가 이를 잘 입증한다.

백번 양보해도 아닌 건 아니다. 언어란 원래 언어로 말해질 때 그 '느낌'을 가장 잘 표현할 수 있다. 여기서 '느낌'을 '뉘앙스'라는 말로 대체하면 어떨까. '느낌'이 '어감'이란 의미까지 내포하고 있는 '뉘앙스'를 대체하기에는 뭔가 2% 부족하다. 그래서 나는 외국어가 필요하다면 써야 한다고 생각한다. 외국어를 안 쓰려고 하다 보면 되레 문장이 이상해지기 쉽다. 나아가 의미 전달이 꼬이기도 한다.

그래서 우리가 신경을 써야 하는 것은 남용이다. 뭐든 지나치면 해롭다. 외국어 역시 꼭 필요한 경우에만 적절하게 사용해야 한다. 우리말을 사용해도 되는데 굳이 외국어를 쓰는 것은 천박한 문화 사대주의라고 비판받을 수 있다. 외국어를 섞어서 표현하면 뭔가 있어 보이고 유식해 보인다고까지 생각한다.

그렇다면 외래어를 어떻게 써야 할까. 물론 원칙은 국립국어원에서 정한 외래어 표기 원칙, '외국어를 발음될 수 있는 대로 살리는 원지음주의 입장에서 표기'하는 것이 바람직하다. (외래어 표기 원칙을 보면 무척 복잡하게 설명되어 있다.)

그런데 문제는 원지음에 가깝게 표기해야 한다는 것 때문에 프랑스의 수도 '파리'를 '빠리'로 표기하는 사람도 있다. 이 경우 어느 것을 따라야 할까. 답은 한글맞춤법에 따르는 것이 원칙이다.

그래서 파리이다. (외래어 표기 원칙에 경음과 격음을 사용하지 말라고 한다.) 그런데, 일부 출판사의 경우 현지의 발음을 중시하여 빠리라고 표기한다. 물론 자장면처럼 실제 생활에서 쓰이는 '짜장면'을 표준어 표기로 복수 인정하는 때도 있다.

내가 여기서 말하고 싶은 것은 외국어를 사용할 때 남용하지 말자는 얘기다. 가령 "나는 오늘 아침 미팅에서 그 비즈니스 파트너를 컨택해서 반드시 컨폼 받아야만 한다고 강조했다"라고 하지 말자. "나는 오늘 아침 회의에서 그 협력사를 접촉해서 반드시 승인을 받아야만 한다고 강조했다"라고 써도 무방하다.

그런데 문제는 외국어가 입에 배어서 글쓰기에 그대로 나타난다는 점이다. 하지만 우리말로 하는 것이 그 의미를 전달하는데 더 효율적이다. 우리의 의식은 외국어가 아니라 우리말에 더 최적화되어있기 때문이다.

13 단어가 문장을 좌우한다.

글을 쓰다 보면 가장 먼저 맞닥뜨리는 어려움은 적절한 단어 찾기이다. 특히 감정이나 느낌을 전달할 때 단어에 따라 뉘앙스 차이가 상당하므로 여간 고심하지 않을 수 없다. 문제는 단어를 잘못 선택하면 전달하고자 하는 의미가 왜곡되거나 사라진다는 점이다.

그래서, 그 의미를 드러내는 알맞은 단어를 찾는 일이 아마도 글쓰기의 절반을 차지한다고 해도 지나친 말이 아닐 듯하다. 문장이란 것이 알고 보면 단어의 나열이다. 나열된 단어들이 모두 잘 어울릴 때 그 문장은 좋은 문장이다.

가령, "나는 밥을 맛있게 먹는다"라는 문장을 보자. 이 문장에서 '밥'의 성격을 강조한답시고 '죽은 밥'이라고 썼다고 해보자. '죽은'과 '밥'이 잘 어울리는가. 밥에 생명이 있던가. 밥이 죽었다면 썩은 밥을 의미하는가. 어딘지 모르게 어색할 뿐만 아니라 당최 의미를 모르겠다. 물론 문학적 표현이라면 '쉰'이나 '거친'과 같은 의미를 비유적으로 표현했다고 이해할 수도 있다. 하지만 일상적인 글에서 이런 식으로 표현하면 '둥근 사각형'만큼이나 형용모순이다.

그래서 단어는 알맞게 선택해야 한다. 단어를 알맞게 선택하려면 어떻게 해야 할까? 앞에서 말했듯이 글쓰기의 절반이 단어 찾기라고 보면 단어 실력을 쌓는 것이야말로 진정한 글쓰기 공부가 아닐까 싶다.

단어 공부는 요령이 필요 없다. 무식하게 공부를 하는 수밖에 없다. 사실 나는 학창 시절 사전을 통째로 외우는 미련을 떨었었다. 이때 영어사전과 국어사전 두 권을 갖고 도전을 했었는데, 끝까지 다 읽고 난 후에 정말 단 한 개의 단어도 제대로 내 것으로 만들지 못했다. 하지만 나중에야 알게 되었지만, 글을 읽다가 종종 만나는 어려운 단어의 뜻을 알아챌 수 있었던 것은 순전히 이 무식한 도전의 결과였다는 느낌을 받았다. 그렇다고 지금 여러분에게 이런 방식으로 단어 암기를 하라고 권고하는 것은 결코 아니다.

단어 공부의 가장 좋은 방법은 책을 많이 읽는 것이다. 책을 읽다 보면 수많은 단어를 만나는데, 종종 모르는 단어와 맞닥뜨린다. 그러면 당연히 사전을 찾아서 그 뜻을 알아두어야 한다. 그런데 책을 읽는 경우에는 그 낯선 단어의 용례까지 곧바로 접하게 되는 장점이 있다. 또 책을 읽다 보면 단어의 선택이 잘못됐음을 발견할 수 있다. 이럴 땐 이 어색한 단어를 어울리는 다른 단어로 바꾸어서 읽어본다. 훨씬 자연스럽고 그 의미가 확 와 닿는다는 것을 느낄 수 있다.

책 말고도 단어 공부에 매우 유용한 텍스트를 소개하면, 나는 신문이나 잡지를 적극적으로 추천한다. 내가 직접 신문과 잡지를 만들면서 경험한 바에 따르면, 신문이나 잡지를 열심히 읽었던 결과 어휘력이 풍부해짐은 물론이거니와 적절한 용례도 함께 공부하는 효과를 보았다. 신문이나 잡지는 우리의 삶과 직결되는 뉴스를 다루고 있어서 지금 당장 사용하면 좋을 단어들이 곳곳에 자리 잡고 있다. 그래서 신문이나 잡지를 열심히 읽는 것은 문장 공부뿐만 아니라 어휘 공부까지 겸할 수 있는 일거양득의 효과가 있다.

또 하나의 단어공부법은 사전 읽기이다. 내가 즐겨 쓰는 방법이다. 나는 늘 곁에 사전을 두고 틈만 나면 뒤적거린다. 책을 읽기엔 자투리 시간이 너무 짧고 그렇다고 그냥 무심하게 보내기 아까울 때면, 나는 사전의 아무 곳이나 펴서 읽는다. 이 방법에서 주의할 점은 절대로 처음부터 순서대로 읽으려고 하면 안 된다. 너무 지루하고 재미없다. 그저 눈 감고 집히는 대로 아무 곳이나 펴서 읽는 것이 좋다. 또 얼마만큼 읽겠다는 식의 목표량을 정해놓고 읽는 방법도 썩 바람직하지 않다. 그냥, 무작정 읽는 것이 좋다. 〈국어사전〉이 기본 텍스트라면 '용례사전'을 읽는 것도 도움이 된다.

소설가 이외수가 《글쓰기의 공중부양》에서 제시한 방법도 한 번 시도해볼 만하다. 이 책에서 "제대로 된 집을 지으려면 주춧돌부터 튼튼히 세워야 하듯이 글쓰기를 잘하려면 기본이 되는 단어부터 챙겨야 한다"고 강조하면서, 글쓰기 비결의 첫째는 '단어 채집'이라고 한다.

그가 말하는 단어 채집은 어렵거나 거창한 것이 아니다. 노트를 하나 마련해 아무 단어나 하나 적는다. 가령, '머리'라고 적었다면 이와 관련한 단어들 즉, '대가리' '대갈통' '대갈빡' '골' '뇌'…. 이런 식으로 적는다. 아마 양이 꽤 많을 것이다. 그리고 그다음엔 '머리에 속한 단어'를 적는다. '모자' '왕관' '가채' '샴푸'….

그리고 사어(死語)보다는 오감을 자극하는 생어(生語)를 찾아보라고 권고한다. 생어란 감각(오감)을 띠고 있는 단어를 말하는데, 가령, 대표 감각이 시각인 '저녁놀' 같은 단어를 말한다.

그런 다음엔 단어들의 내면적인 속성을 알아보라고 한다. 가령, '설탕'의 속성은 무엇인가.

"달다. 하얗다. 알갱이…."이다.

그런 다음엔 이 속성을 바꿔보라고 한다. 가령, '설탕'의 속성이 단맛을 내고 흰색을 띤다는 사실을 되새겼다면, '태운 설탕', '바퀴벌레가 먹다 게운 설탕' 등 쓴맛으로도 바꿔보는 것이다.

이런 훈련을 통해 단어의 뜻을 제대로 알고, 또 다양한 용례까지 체험할 수 있다. 풍성한 단어 구사력으로 무장했다면 이젠 좋은 문장을 구사하는 일만 남은 셈이다.

단어 공부는 욕심을 갖는다고 해서 하루아침에 눈에 띌 만큼 좋아지지 않는다. 하루에 한 개라도 꾸준히 평생을 공부한다는 마음으로 느긋하게 그러나 끈기 있게 관심을 두는 것이 중요하다.

[TIP 3] 메모를 활용한 글쓰기

이제껏 우리가 고민한 것은, 모두 실제 글쓰기를 위한 것이었다. 앞서 얘기했던 것이 글쓰기에 실질적인 도움이 될 것인지는 우리가 활용하기에 달려있다.

지금 우리가 직면한 가장 중요한 문제는 글을 써야 한다는 사실이다. 그래서 좀 쉽게 글쓰기에 접근할 요령이 없을까 싶어 이곳저곳을 기웃거렸다. 물론 이 방법이란 것이 비법이나 비결이 아님을 나는 잘 안다. 글쓰기에는 비결이나 비법이 존재하지 않음을 앞에서도 누차 이야기했다. 다만 방법론에 대한 작은 귀동냥이 있으면 조금 쉽게 글쓰기를 시작할 수 있고, 그 용기가 불씨가 되어 조금씩 자신감을 찾아가는 힘이 될 수는 있다고 생각한다. 그런 의미에서 나는 여기에 내가 경험한 글쓰기 방법 하나를 털어놓고자 한다.

어떤 글감이 주어져서 글을 써야 한다면 어떤 생각이 드는가. 아마도 많은 사람은 구성을 어떻게 해야 할까, 무슨 내용을 다룰까, 첫 문장은 어떻게 써야 할까…등 많은 생각을 할 것이다. 그런데 문제는 이렇게 생각하면 할수록 정리가 되는 것이 아니라 되레 더 깊은 미궁 속으로 빠져드는 것을 느낄 것이다. 왜? 우리는 글쓰기 입문자이니까. 솔직히 그렇게 되는 게 정상이다. 처음부터 이런 문제에 부닥치지 않는다면 초보자가 아니다.

아무튼, 생각이 많아지면 글을 풀어나가는 경우의 수가 많아진다. 하지만 걱정하지 마시라. 그 많아지는 생각들을 일목요연하게 정리해주는 '메모로 글쓰기' 방법이 있다.

메모는 "삶의 현장에서 만나는 갖가지 잡다한 생각이나 느낌, 기억해야 할 것들을 적어놓는 것"이다. 언제 써먹을지는 모르지만, 혹시나 해서, 꼭 기억해야 할 것 같아서 해놓는 것이 메모의 특성이다. 하지만 글쓰기를 위한 메모는 지금 당장 써먹으려고 한다는 점이 다르다.

'평창올림픽 아이스하키 남북 단일팀 구성에 대한 내 생각'이라는 글을 써야 한다고 해보자. 글을 무슨 내용으로 시작해야 할지 난감하다. 대부분은 나름대로 실제든 머릿속으로든 구성하여 글을 써나가기 마련이다. 그런데 메모를 활용한 방법은 구성하기에 앞서 떠오르는 모든 생각을 하나하나 메모부터 하는 방식이다.

- 지금까지 준비한 선수 중, 억울한 탈락자가 생길 수 있음.
- 남과 북이 대승적 차원에서 단일팀을 만들기로 합의함.
- 단일팀 구성을 찬성하는 국민이 있지만 반대하는 국민도 있음.
- 평창올림픽 개막까지 시간이 얼마 남지 않아 준비하는데 차질이 있을 수 있음.
- 이런저런 논란이 있더라도 일단 남북 간의 평화 분위기 조성으로 이왕 치르는 올림픽이 성공했으면 좋겠음.

생각이 꼬리에 꼬리를 물고 떠오른다. 물론 두서가 없다. 그래도 떠오르는 생각들을 계속해서 메모한다.

떠오르는 생각을 어느 정도 메모했는가. 그렇다면 메모를 찬찬히 들여다보라. 어떤가. 글감을 처음 마주했을 때보다는 생각이 많이 정리된 느낌이 들 것이다. 그리고 메모가 두서없다는 생각이 들면서 메모의 순서를 바꿔보고 싶은 충동이 일 것이다. 앞에서 말했던 시간 순서든, 내용의 중요도 순서든 메모를 재배치해보고 싶은 충동을 느꼈다면, 당신은 이미 글의 구성을 고민하고 있다는 반증이다.

그러면 메모를 재배치해보자. 메모를 배치할 때는 글의 주제를 정하는 것이 좋다. 그러면 메모의 효율적인 배치가 가능해진다. 메모를 통해 대략적인 글 내용을 점검한 터라 주제를 정하는 문제 역시 어렵지 않다.

나는 앞의 메모를 통해 글의 주제를 '성공적인 올림픽 개최'로 정했다. 이 주제에 따라 메모를 재배치한다.

- 남과 북이 대승적 차원에서 단일팀을 만들기로 합의함.
- 지금까지 준비한 선수 중, 억울한 탈락자가 생길 수 있음.
- 평창올림픽 개막까지 시간이 얼마 남지 않아 준비하는데 차질이 있을 수 있음.
- 단일팀 구성을 찬성하는 국민이 있지만 반대하는 국민도 있음.

- 이런저런 논란이 있더라도 일단 남북 간의 평화 분위기 조성으로 이왕 치르는 올림픽이 성공했으면 좋겠음.

나는 이렇게 재배치했지만, 글쓴이의 의도에 따라 다양한 재배치가 이루어질 수 있다. 그런데 신기한 것은 재배치하고 나면 더욱 자세한 생각(내용)들이 더 많이 떠오른다는 점이다. 그러면 큰 주제의 메모 아래 세부 메모를 하면 된다. 이렇게 말이다.

- 남과 북이 대승적 차원에서 단일팀을 만들기로 합의함.
  - 스포츠보다는 정치적 차원에서 단일팀 논의가 이루어짐.
  - 약간의 이견이 있음에도 남북이 쉽게 합의에 이르렀음.
  - IOC(국제올림픽위원회)가 남북의 생각보다 더 과감한 방안을 내놓았음.
- 지금까지 준비한 선수 중, 억울한 탈락자가 생길 수 있음.
  - 남한 선수들은 오직 올림픽만을 위해 준비했는데, 북한 선수들을 참가시키려면 남한 선수 중 일부는 참가자명단에서 빠질 수밖에 없음.
  - IOC에서 통 큰 결정을 내려 12명까지 참가자명단을 늘림으로써 선의의 피해자가 발생하지 않도록 함.
  - 다만 실제 경기에 참여하는 기회는 줄어들 수 있음.

그렇다면 이 메모를 어떻게 글쓰기에 활용할까, 하는 문제가 생긴다. 걱정하지 마시라. 일단 세부 내용 메모를 다시 재배치한 후 그대로 나열해보라.

- 남과 북이 대승적 차원에서 단일팀을 만들기로 합의함.
  • 스포츠보다는 정치적 차원에서 단일팀 논의가 이루어짐.
  • IOC(국제올림픽위원회)가 남북의 생각보다 더 과감한 방안을 내놓았음.
  • 약간의 이견이 있음에도 남북인 쉽게 합의에 이르렀음.

이런 식이다. 그럼 이 메모에서 앞에 있는 '-'이나 '·' 부호를 없애고 그대로 메모를 열거해보자.

남과 북이 대승적 차원에서 단일팀을 만들기로 합의함. 스포츠보다는 정치적 차원에서 단일팀 논의가 이루어짐. IOC(국제올림픽위원회)에서도 남북의 생각보다 더 과감한 결정이 이루어졌음. 약간의 이견이 있음에도 남북인 쉽게 합의에 이르렀음.

그리고 마지막 서술어를 종결형 어미(~다)를 넣어 완전형태로 바꿔본다.

남과 북이 대승적 차원에서 단일팀을 만들기로 합의했다. 스포츠보다는 정치적 차원에서 단일팀 논의가 이루어졌다. IOC(국제올림픽위원회)에서도 남북의 생각보다 더 과감한 방안을 내놓았다. 약간의 이견이 있음에도 남북인 쉽게 합의에 이르렀다.

이 글을 자연스럽게 연결하는 작업을 해보자.

남과 북이 대승적 차원에서 단일팀을 만들기로 합의했다. 이 논의는 스포츠보다는 정치적 차원에서 먼저 이루어졌다. 특히 IOC(국제올림픽위원회)에서 남북의 생각보다 더 과감한 방안을 내놓음으로써 남북 간에 약간의 이견이 있음에도 남북이 쉽게 합의에 이르렀다.

어떤가. 훌륭하지 않은가. 이 글을 잘 썼다, 못 썼다 하는 가치판단은 유보하자. 다만 글감을 받고 막연했던 것이 메모를 통해 훌륭한 글로 진화했다.

물론 좀 노련해지면 이런 수고는 안 해도 잘 쓸 수 있다. 다만 생각이 글쓰기의 상태로 정착이 될 때까지는 이런 메모 방식을 활용하는 것도 유용하다.

글을 못 쓴다고 생각만 부여잡고 있지 말자. 그 생각이 메모가 되는 순간, 이미 생각은 메모라는 메신저를 타고 글로 변신한다. 글쓰기의 어려움, 메모로 극복해보자.

▶▶▶

퇴고는 소리 내어 읽으면서 하면 쉽다.
찬찬히 읽다보면 뭔가 어색한 부분이 보인다.
부자연스럽고 호응이 이루어지지 않는
문장을 잡아내기가 좋다.

CHAPTER 4

글쓰기의 시작과 마무리 단계에서 해야 할 일

1. 자료수집, 인터넷 검색의 달인이 돼라
2. 인터뷰는 언제, 어디서, 누구와 할 것인가?
3. 퇴고, 소리 내어 읽으며 다듬어 고치자

1 자료수집, 인터넷 검색의 달인이 돼라。

글을 쓰기 위해서는 쓸거리가 필요하다. 개인의 경험이나 간단한 상식에 관한 것이라면 도움이 필요 없다. 타인의 경험이나 깊이 있는 지식에 관해 작성하려면 상황이 달라진다. 관련한 참고 서적이나 자료가 반드시 글 쓰는 사람의 주변에 있어야 한다. 머리에만 의존하여 글을 쓴다는 것은 결코 쉬운 일이 아니다.

또한, 내가 직접 작성한 글이라고 해서 모든 것이 나의 창작이고 나의 생각일 수 없다. 주장의 정당성을 확보하기 위해서 타인에게서 논증을 뒷받침하는 논거를 빌려야 하고, 의미 있는 효과적인 말을 인용해야 한다. 이 같은 이유에서 글을 쓰는데 필요한 자료를 준비해야 한다. 그럼 자료는 어떻게 찾아야 하고, 찾은 자료를 어떻게 글에 반영하는가.

요즘엔 모든 것이 인터넷으로 통하는 세상이다. 해서 자료 찾기는 당연히 인터넷에서 시작하는 것이 좋다. 어떤 사람은 인터넷에는 필요한 정보는 없고 온갖 쓰레기들로 넘쳐나는 쓰레기장이라고 혹평한다. 그것은 아마도 원하는 정보를 찾지 못한 데서 오는 푸념이라고 나는 생각한다. 물론 검색 결과에서 보여주는 정보 중 상당수가 함량 미달이라는 사실은 부인할 수 없지만, 쓸만한 정보 역시 쏠쏠하게 많이 있는 것도 사실이다. 또한, 갈수록 검색사이트의 검색엔진이 똑똑해져 정확도가 나날이 높아지고 있다. 인터넷 검색을 하다 보면 정말 별의별 정보가 다 있다.

그럼 연습으로 '나'를 한 번 검색해보자. 구글이나 네이버, 다음 등의 검색사이트에 접속하여 검색창에 자신의 이름 석 자를 넣고 검색한다. 그 사이트의 검색엔진은 엄청난 양의 검색 결과를 내놓을 것이다. 물론 그게 다 나와 관련된 것이 아니다. 나와 같은 이름을 갖은 동명이인의 자료가 주르륵 나온 것이다. 그렇다면 이제부터 무엇을 해야 할까. 그렇다. 하나하나 클릭하며 나와 관련 있는 내용을 확인해야 한다. 그걸 다 어떻게 하느냐고? 미련하지만 해야 한다.

신문 기자 시절 정신과 의사 정혜신을 인터뷰한 적이 있다. 이분은 사람에 관한 심리 평을 담은《사람 vs 사람》이란 책을 쓰면서 거의 모든 자료를 인터넷 검색을 통해 찾았다고 인터뷰에서 밝혔다. 그러면서 그는 엄청난 양의 검색 결과에 굴복하기보다 하나하나 정보를 점검하며 자신에게 필요한 자료를 가려내려고 날밤 새운 적이 한두 번이 아니었고, 심지어 구토까지 했었다고 한다.

소중한 자료는 그냥 얻어지는 것이 아니다. 들인 수고만큼 좋은, 필요한 정보가 얻어진다. 다만 자신이 특별한 공적인 대외적 활동이 없었다면 굳이 그런 수고는 하지 않아도 크게 문제 되지는 않을 것으로 생각한다. 그러나 수고를 하다 보면 의외의 소득을 올릴 수 있다.

자신의 이름으로 검색해 보면서 자료 찾기 준비운동을 했으니 이제 본격적인 자료 찾기에 나서보자. 인터넷에 자료를 찾을 때는 미리 찾고자 하는 키워드를 정하고 시작하는 것이 좋다. 막연하게 시작하면 막연한 자료만 나온다.

인터넷에서 자료를 찾을 때 주의할 점은 자료를 찾다 보면 눈길을 끄는 아이콘이나 낱말을 만나게 마련이다. 이걸 좇아 클릭하다 보면 정작 자신의 애초 목적을 잃어버리기 십상이다. 그리고 다 처리할 수 없을 만큼 자료의 과잉상태에 빠진다. 따라서 처음엔 꼭 필요한 자료 중심으로 검색하고, 자료를 검토하여 추가 또는 심화 자료를 찾아가는 방식이 효율적이다.

한 가지 알아둘 일은, 인터넷은 '아버지가 방에 들어가신다'를 검색하려고 타자를 치다 실수하여 '아버지 가방에 들어가신다'로 입력하면 그대로 검색한다는 점이다. 여기엔 알파고 같은 인공지능이 거의 없다. 다만 한글을 모르고 영어 자판으로 치면 한글로 검색 결과 보기 같은 정도의 착한 기능은 갖고 있긴 하다. (팁4와 팁5 참조)

자료는 인터넷에만 있는 게 아니다. 관련한 책이나 논문 등의 자료도 필요하면 찾아서 검토하고 참고해야 한다. 글쓰기와 관련된 지식이나 사건, 일, 인물을 좇아가다 보면 응당 그것을 설명하거나 분석하고 있는 책이나 논문 등을 찾아보게 된다.

다만 자료수집을 할 때 조심해야 할 점은 철저하게 계획을 세워서 해야 한다. 계획 없이 즉흥적으로, 또 과욕을 부리다 보면 이중삼중 중복 수집은 물론이거니와 수집한 자료의 많은 양 앞에서 지레 지쳐버릴 수 있다. 이에 어떤 자료가 필요한지, 어디까지 조사해야 하는지 등 구체적으로 필요한 자료의 점검표를 만들고, 또 이 자료를 어떤 수단을 이용해 찾을 것인지 결정해야 한다. 그래야만 시간과 노력을 효율적으로 활용할 수 있다.

자료를 많이 찾았다. 그런데 그 다음이 막막하다. 자료를 찾긴 찾았는데, 어떻게 자료를 정리해야 할지 난감하다. 구슬이 서 말이라도 꿰어야 보배이듯 열심히 찾은 자료는 실제 글쓰기에 활용할 수 있어야 한다.

그렇다면 수집한 자료는 반드시 정리해야 한다. 정리하는 방법은 다양하겠지만 내가 주로 쓰는 방법으로 설명해보겠다.

먼저 자료를 꼼꼼하게 읽는다. 읽지 않고는 그 자료가 구체적으로 어떤 내용인지를 모른다. 그래서 열심히 읽어야 한다. 읽을 때는 중요한 부분이나 글쓰기에 활용할 가치가 있다고 판단되는 부분에 밑줄을 친다. 아울러 떠오르는 생각을 메모한다. 자료를 읽고 나면 밑줄 친 부분 등 중요한 내용을 메모한다. 이 메모는 글을 쓸 때 직접 활용한다.

자료 정리 메모에선 나의 생각이나 느낌, 감상을 함께 메모하는 것이 좋다. 자료를 읽었을 당시에는 생각이 많이 떠오르는데, 조금만 지나면 머릿속에 백지상태가 되기 때문에 메모해야 한다.

[TIP 4] 인터넷 검색 잘하는 10가지 방법

1. 특별한 단어를 사용한다.

"인터넷", "비즈니스"와 같이 일반적인 단어를 사용하면 검색 결과가 너무 많아서 혼란스럽다. 원하는 내용을 곰곰이 생각하고 특별한 단어를 가지고 찾는 것이 좋다.

2. 평상시 쓰는 말투는 잠시 잊는다.

평상시 사용하는 문장으로 검색한다는 자연어(Natural Language) 검색 서비스들이 있지만, 아직은 완전하지 못하다. 원하는 내용에서 중요한 단어들을 골라 사용하는 것이 가장 좋은 방법이다. 이렇게 고른 단어들을 조합해서 검색한다.

3. 비슷한 단어나 관련 분야를 생각한다.

"이순신"은 "충무공"과 "임진왜란"에도 신경을 써 검색해야 하고, "뮤직비디오"와 관련된 분야를 찾으려면 "뮤비", "music", "video", "music video" 등의 검색도 잊지 말아야 한다.

4. 필요 없는 것은 버린다.

"NOT" 연산자: 검색 결과에서 특정한 단어가 들어간 것은 빼고 싶을 때가 있다면 NOT 연산자를 이용한다. 가정용 전화기를 찾고 싶은데 휴대전화기나 팩스가 나온다면 NOT 핸드폰, NOT 팩스로 그런 결과를 빼면 된다.

5. 철자를 조심한다.

영어 단어뿐 아니라 우리말로 찾을 때도 자주 발생하는 문제다. 잘못 쓰는 것도 문제고 IMT-2000처럼 특수 기호가 들어간 것도 문제이다. 이 경우는 "IMT2000"이나 "IMT 2000"으로 '-'을 빼고 활용하는 것이 효과적이다.

6. 범위를 좁혀간다.

너무 많은 검색 결과가 나온다고 컴퓨터를 꺼버리거나 수천 개의 자료를 일일이 검토하며 새벽을 맞이하진 말자. 결과 내 재검색 기능을 이용해서 범위를 좁혀가면 목적지에 더 가까이 갈 수 있다.

7. 단 하나가 나와도 실망하지 않는다.

인터넷의 문서는 절대로 혼자서 존재하지 않는다. 단 하나일지라도 꼼꼼히 살펴보면 관련 주제, 관련 사이트와 연결되는 통로를 발견할 수 있다. 그곳에서 새로운 키워드에 대한 아이디어가 떠오를 수도 있다.

8. 분야별로 특화된 웹 사이트를 이용한다.

검색 서비스에만 의존하지 말고 분야별 전문 정보 사이트를 이용한다. 검색 서비스를 이용해 분야별 전문 검색사이트를 찾아내서 거기서 실제 정보를 얻는 것이다. 영화정보를 찾는다면 한국영상자료원(koreafilm.or.kr)이나 인터넷 무비 데이터베이스(imdb.com)에서 더 전문적인 정보를 찾을 수 있다.

9. 막막하면 뉴스 검색부터 시작한다.

웹 검색부터 시작하면 너무 많은 결과 때문에 혼란스러울 수 있다. 이럴 때는 정선된 정보가 있는 곳부터 시작하는 것이 좋다. 뉴스 검색을 이용해서 해당 분야의 최신 뉴스를 몇 가지 읽어보면 검색을 위한 좋은 정보를 얻을 수 있다. 때로는 거기서 100% 만족스럽게 검색을 끝낼 수 있는 경우도 많다.

10. 검색 도움말을 꼭 읽는다.

다 비슷해 보여도 검색 서비스마다 개성이 있다. 도움말을 읽고 특성을 파악하라!

출처: http://hohota.tstory.com/559[좋은 풍경]

▶▶▶

[TIP 4] 구글링 잘하는 법

1. 반드시 포함될 단어/문장 지정하기

검색어의 처음과 끝에 큰 따옴표(" ")를 붙임.

(예) "강남스타일"→정확히 강남스타일이 표시된 결과만을 탐색한다.

2. 제외할 검색어 지정하기

검색어 앞에 마이너스(-)를 입력하면 검색어와 비슷한 의미를 가진 자료를 제외하고 보여줌.

(예) 갤럭시-아이폰→아이폰을 제외한 갤럭시에 대한 검색 결과를 표시한다.

3. 유의어 검색하기

검색어 앞에 물결 표시(~)를 입력하면 검색어와 비슷한 의미가 있는 자료를 보여줌. (예) ~저렴한 맛집→'저렴한'과 비슷한 의미가 있는 여러 가지 검색어를 같이 보여준다.

4. 단어의 정의 검색하기

검색어 앞에 'define'을 입력한 후에 검색하면 해당 검색어의 정의를 보여준다.

(예) define: 우주→가장 상단에 우주에 대한 사전적 정의를 보여준다.

5. 계산기

단순한 연산 및 수식을 입력하면 계산기가 수식을 계산해 줌.

(예) 1+2+3+4+5= → 가장 상단에 수식의 해답을 보여준다.

6. 빈칸 채우기

정확한 검색어가 떠오르지 않을 때는 문장 사이에 별표(*)를 넣어 빈자리를 채워 준다.

(예) 아인슈타인*이론→아인슈타인의 이론인 상대성이론을 같이 표시한다.

7. 환율 및 단위 변환

이퀄(=)을 사용하면 편리하다.

(예) 1달러=? 원→현재 환율에 따른 1달러에 대한 원화를 보여준다.

8. 날씨 검색

지역명과 날씨를 검색하면 날씨를 표시해준다.

(예) 의정부 날씨→현재 의정부지역의 날씨를 검색해준다.

9. 숫자의 범위 지정하기

검색할 숫자 사이에 마침표 두 개를 입력하여 검색하면 숫자 범위 내의 검색 결과를 보여준다.

(예) 2011년 .. 2012년 선물→2011년과 2012년 사이의 선물이 포함된 검색어를 보여준다.

10. 두 단어 중 아무거나 검색하기

or 키워드 (특정 사이트에 어떤 단어 두 개가 하나라도 들어있는 결과를 알고 싶을 때).

(예) 미국 or 영국→미국 또는 영국이 포함된 검색 결과를 보여준다.

11. 특정 사이트 이내에서만 검색하기

'site:주소'를 입력한 후에 검색하면 해당 사이트 이내에서만 검색이 된다.

(예) site:plus.google.com 한국→구글플러스 내에서 한국이라는 글자가 포함된 검색결과 나온다.

12. 고급 검색 이용하기

고급 검색을 이용하면 좀 더 편리하게 사용할 수 있다.

출처: 위키트리 http://www.wikitree.co.kr/main/new-viewphp?id=106554

▶▶▶

2 인터뷰는 언제, 어디서, 누구와 할 것인가

글쓰기에 필요한 자료를 찾다 보면 가끔 사람을 만나 인터뷰를 해야 하는 경우도 있다. 혹자는 인터뷰란 말에 기자들이 하는 전문적인 인터뷰를 떠올릴지 모르겠는데, 여기서는 일반인이 자료를 얻기 위해 하는 인터뷰 정도로 해두자.

인터뷰라는 말이 요즘은 면접이란 말로도 크게 의미가 확대되는 느낌이 드는데, 얼마 전까지만 해도 기자들의 전유물처럼 느껴져서 나와는 상관없는 행위로 간주하기 일쑤였다. 그러나 학술적 개념 정리와는 상관없이 내 식대로 정리하면, 어떤 사람과 만나서 궁금한 것을 물어보고 거기에 대해 답을 듣는 행위가 곧 인터뷰이다.

그런데 '인터뷰'란 어감은 왠지 모르게 '공식'적인 행위 같다는 느낌을 지울 수 없다. 다른 쓸 만한 용어가 없기도 하거니와, 이왕지사 좀 있어 보이게 하려는 의도(?)에서 여기에서는 이 용어를 그대로 쓰겠다.

이곳에서 설명하는 인터뷰 요령은 언론학이나 베테랑 기자가 늘어놓은 인터뷰 요령과는 영 딴판이다. 개인적으로 필요한 것을 다른 사람을 만나 이것저것 물어서 내게 필요한 정보를 얻기 위함 그 이상도 그 이하도 아니다.

인터뷰에는 사람을 직접 만나서 하는 대면 인터뷰가 있고, 이메일이나 편지로 하는 서면(이메일) 인터뷰가 있다. 우선 대면 인터뷰의 요령부터 알아보자. 여기에서 공유하는 인터뷰 요령은 내가 기자 생활하면서 실질적으로 활용했던 경험과 집필을 위해 인터뷰했던 방법까지 포함하여 정리한 내용이다.

인터뷰하기 위해서는 철저한 준비가 필요하다. 흔히 기자의 인터뷰 요령에 교과서처럼 언급되는 '3W'란 게 있는데, 누구(Who, 취재물의 합당성)와 언제(When, 시간 선택의 자유), 어디서(Where, 접근의 용이성)를 의미한다. 사건의 핵심을 증언해줄 사람인가, 인터뷰어의 가능 시간에 만날 수 있는가, 미묘한 얘기도 해줄 수 있는 장소인가 하는 점이 인터뷰의 성공 여부를 담보한다.

이 점을 명심하고 가장 먼저 해야 할 일은 인터뷰하는 사람(interviewer)으로서 인터뷰 대상(interviewee)을 섭외해야 한다. 섭외는 여느 비즈니스에서 하는 것과 크게 다를 것 없지만, 인터뷰이에게 무슨 목적으로 무슨 내용에 대해 언제 인터뷰할 것인지를 분명하게 안내해야 한다. 문제는 인터뷰를 요청한다고 해서 인터뷰가 무조건 성사되지 않는다는 점이다. 갖가지 이유를 들어 거절하는 경우가 수락하는 경우보다 더 많다. 그럴 땐 잘 설득하여야 하는데, 내 경험에 의하면 목적과 취지를 제대로 설명하고 인터뷰이의 일정에 맞춰 인터뷰 날짜를 잡으면 성공할 확률이 높다. 그런데 계속 설득해도 거절할 땐 어쩔 수 없이 포기해야 한다. 그러면 대체인물을 찾아서라도 인터뷰하는 것이 좋다.

인터뷰 섭외가 되면 인터뷰어는 인터뷰이에게 질문할 것을 미리 질문지로 작성한다. 질문지는 가능하면 꼼꼼하게 작성하는 것이 좋다. 사실 인터뷰는 내용을 거의 다 알고 있는데 확인 또는 보충하는 절차라고 해도 틀리지 않다. 그래서 알고 있고 생각할 수 있을 만큼 자세하게 작성하는 것이 좋다. 다만 인터뷰를 하다 보면, 질문지대로 진행되는 경우는 거의 없다. 따라서 질문지를 작성하는 것은 대략적인 내용을 인지하는 효과를 얻고 나아가 실제 인터뷰를 할 때 진행표로 활용하기 위해서다.

본격적인 인터뷰에 들어가기에 앞서 해야 할 일은 가능하면 꼭 녹음 여부를 결정해야 한다. 십수 년 경력의 베테랑 기자일지라도 인터뷰이의 말을 다 받아쓰기는 힘들다. 내 자랑 같지만 100%는 아니지만 나는 어느 정도 다 받아쓴다. 그래서 녹음을 안 하는 편이다. 그런데 일반인들은 훈련이 안 되어서 어렵다. 인터뷰를 위해서 지금 그런 요령을 배우거나 개발할 필요까지는 없다. 그래서 인터뷰 내용을 녹음하면 그 문제를 쉽게 해결할 수 있다.

다만 녹음을 할 때는 반드시 인터뷰이에게 허락을 받아야 한다. 아무리 친해도 꼭 알리고 녹음 버튼을 누른다. 그런데 녹음이라는 말에 혹 일부에서는 부정적인 반응을 보일 경우가 있다. 얘기는 해줄 수 있되 녹음은 안 된다고 하는 경우, 참 난감하다. 불가피하게 받아쓰기를 해야 하는데, 받아쓰기가 불명확한 것이 있으면 반드시 확인해서 정확하게 기록해야 한다.

이 정도면 인터뷰할 준비가 다 되었다. 사람, 시간, 장소가 정해지고 이제 그 사람과 대면했으니, 난생 처음 하는 인터뷰란 걸 시작해 보자. 다만 기자 흉내 내는 것은 사양이다. 인터뷰어도 인터뷰이도 모두 낯선 풍경이어서 어색함이 되레 자연스러운 대화를 방해한다. 처음부터 받아쓸 자세를 취하기보다는 자연스럽게 녹음으로만 진행하고 나중에 집에 와서 리뷰하는 셈 치고 녹취하는 것도 방법이다.

한 가지 염두에 둘 일은 녹취는 실제 녹음 시간보다 훨씬 시간이 많이 걸린다. 녹음을 들으면서 받아 적어야 함으로 적어도 서너 배의 시간을 할애해야 한다.

인터뷰를 하기 위한 정석은 없다. 자신만의 방법으로 하면 된다. 다만 여기서 얘기하는 것은 나의 경험에 바탕하여 이렇게 하니까 괜찮더라 하는 것이다. 그러니 참조 사항일 뿐이다.

인터뷰를 위해 서로 마주하고 자리하면, 아무리 친한 사이라도 평소 하지 않던 자리이기 때문에 어색하다. 그래서 앉자마자 바로 들이대지 말고 가벼운 농담이나 일상적인 얘기로 긴장을 푸는 것이 좋다. 다만 그런 얘기를 너무 길게 주고받다 보면 주제가 실종되고 또 허락된 시간인 경우엔 본론을 소화하기가 힘겨울 수 있다는 점을 염두에 두고 시간 안배에 신경을 써야 한다.

가벼운 한담에서 아주 자연스럽게 글을 쓰게 된 이유와 필요한 내용에 대해 도움이 필요하다면서 관련 문제를 꺼낸다. 그럼 대부분이 이미 앞의 농담으로 무장이 해제된 상황이라 기억 세포들을 춤추게 만든다. 여기서 한담 소재로 한 가지 피할 것은, 정치적인 얘기는 절대로 금물이다. 각각의 정치적 견해가 있기 마련이어서 자칫 논쟁으로 치달을 수 있고, 그 결과는 굳이 말하지 않아도 짐작하는 대로다.

이렇게 자연스럽게 본 주제로 접근하면서 인터뷰어는 인터뷰이가 술술 말하도록 유도하는 역할에 머물러야 한다. 불필요한 말을 많이 해서 흐름을 끊거나 자신의 견해를 지나치게 내세워 논쟁

하는 것은 바람직하지 않다. 적당한 추임새 정도로 받아주면서 나는 지금 네 말을 흥미진진하게 경청하고 있다는 믿음을 주어야 한다. 물론 혼자 얘기하도록 놔두면 지치는 경우가 있어서 적당한 타이밍에 그가 한 말을 간단하게 요약하면서 자연스럽게 그다음 이야기를 하도록 유도해야 한다.

다만 인터뷰이가 다소 꺼리는 주제를 다뤄야 할 때 여러 가지로 부담스럽다. 이야길 안 하려는 인터뷰이와 꼭 들어야 하는 인터뷰어 사이에는 묘한 긴장감이 흐르게 마련이다. 이럴 때는 우선 서두르지 말라고 권유하고 싶다. 말하기를 꺼리는 것이 분명함에도 계속 듣고자 다그치면 조금이라도 가지고 있던 말하고자 하는 마음마저 없앨 수 있다. 다른 주제로 넘어가면서 중간에 자연스럽게 다시 한 번 시도해보고 여전히 마음이 닫혀 있다면 이번에는 단념하고 다음을 기약하는 것이 좋다.

그렇게 해서 인터뷰를 진행하다 약속된 시간이 되면 마무리를 하는데, 이때 꼭 한 가지 해야 할 일이 있다. 지금까지의 인터뷰는 인터뷰어가 필요한 내용을 중심으로 진행했다. 인터뷰이의 입장에서는 정작 하고 싶은 얘기를 하지 못했을 수도 있다. 이에 꼭 하고 싶은 말이나 추가하고 싶은 내용이 있으면 추가해달라고 요청해야 한다. 그래야 나름 균형 잡힌 시각에서 증언이나 기억을 복원할 수 있기 때문이다.

인터뷰 후 정리

인터뷰하는 것은 글을 쓸 때 활용하기 위해서다. 그런데 인터뷰라는 게 횡설수설, 장광설, 주변 맴돌기 등이 난무하기 마련이어서 나중에 녹취를 풀어 불필요한 것을 제거하고 나면 남는 알맹이는 얼마 안 되기 십상이다. 그렇더라도 소중한 자료이기에 잘 활용해야 한다.

인터뷰 후에는 반드시 내용을 정리해야 한다. 인터뷰 횟수가 여럿 쌓이면 나중에 따로 정리하는 데만도 엄청난 시간과 에너지가 들어간다. 그러나 인터뷰가 끝난 직후에 정리하면 인터뷰할 때의 생생한 기억들이 머릿속에 남아 있어 훨씬 짧은 시간에 효율적으로 정리할 수 있다.

인터뷰 후에 우선 녹취부터 정리한다. 녹음한 파일을 재생하면서 그 자리에서 있었던 말들을 그대로 문자로 복원한다. 민감한 사건이 일어나면 요즘은 으레 녹음 파일이나 녹취록을 공개하는 경우를 뉴스에서 많이 보았을 것이다.

녹음 상황은 녹음 파일을 그대로 재생하는 것이기에 별다른 추가 조치가 필요 없다. 그러나 녹취록은 음성을 그대로 문자로 풀어쓴 것이다. 그런데 우리가 지금 하는 작업이 글쓰기 아닌가. 기록이 필요하다. 그런 점에서 일단 녹취를 한다.

녹취한 다음에는 원본 녹취 파일은 그대로 두고 복사한 파일을 사용하여 불필요한 내용을 정리하고 또 문장상 안 맞는 부분을 정리하여 따로 수정 파일을 만든다.

여기까지가 누구나 생각할 수 있는 인터뷰 후 작업이다. 그런데 여기서 한 가지 작업을 더 진행해야 집필할 때 실질적으로 활용할 수 있다. 인터뷰 정리 파일을 갖고 필요한 내용을 따로 메모해두는 것이다. 일목요연하게 메모한 자료라면 실제 글쓰기에 활용하기가 너무 편하다.

또, 정리가 끝나면 나의 '설명'를 달아놓는 것이 좋다. 〈조선왕조실록〉을 보면 특별한 경우에 사건에 대한 기록 끝에 '史官曰'이라고 써놓고 사관의 견해를 적어놓았다. 중국의 〈자치통감〉도 저자 사마광(司馬光)이 주요 사건 말미엔 신광왈(臣光曰, 신 사마광이 아뢲니다)이라 하고는 자신의 견해를 달아놓았다. 이에 인터뷰를 통해 재구성된 사건에 대한 의미나 감상 이런 것에 대해 자신의 설명을 달아놓으면 나중에 집필할 때 정말 요긴하게 활용할 수 있다. 결국, 여기까지가 인터뷰이다.

3 퇴고, 소리 내어 읽으며 다듬어 고치자。

'퇴고'라는 말을 많이 들어봤을 것이다. 한자로 쓰면 '밀 퇴(推)'와 '두드릴 고(敲)'를 합쳐 이루어진 퇴고(推敲)이다. 사전에서는 "완성된 글을 다시 읽어 가며 다듬어 고치는 일"이라고 한다. 이왕지사 이야기가 나왔으니, 알고 있는 사람은 다시 한 번 확인하고 모르는 사람은 이 기회에 상식 하나 넓힌다는 생각으로 '퇴고'라는 말이 나온 유명한 고사를 살펴보겠다.

중국 당나라 때, 시인 가도(賈島, 779~843)라는 사람이 말을 타고 가다가 시구가 떠올랐다. '새는 연못가 나무에 깃들고, 달빛 아래 중은 문을 두드린다.(鳥宿池邊樹, 僧敲月下門)' 그런데 가도는 문을 '두드린다'라는 의미로 '두드릴 고(敲)'를 쓸 것인가, 아니면 '밀

퇴(推)'를 쓸 것인가가 고민이었다. 왜 그랬는지는 따로 설명하는 것을 찾지 못해 정확하게 알 수 없으나, 유식한 낱말로 '뉘앙스' 때문이었을 것이다. 시인은 낱말 하나로도 몇 날 며칠을 고민하는 존재들이지 않는가. 더욱이 당대를 대표하는 시인이라면 그런 고민은 당연하다. 그렇게 고민하던 가도는 길에서 우연히 당대의 문장가 한유(韓愈, 768~824년)를 만난다. 우연히 만났다는 게 약간 허구의 냄새가 나지만, 그럴 개연성도 충분하게 있으니까 의심하지 않고 이야기를 이어가겠다. 가도가 한유에게 자신의 고민을 털어놓았다. 그랬더니, 한유가 한참을 생각하다가 '두드릴 고(敲)'를 쓰는 게 좋을 것 같다고 했다.

이러한 일이 생긴 이후, 사람들은 글을 고치는 것을 '퇴고'라 했다. '퇴' 자가 '추'로도 읽혀서 '추고'라고도 한다.

이렇듯 우리는 글을 쓰고 난 후 반드시 퇴고 과정을 가져야 한다.

그런데, 우리 솔직해지자. 지금까지 우리가 쓴 글을 '초고'(草稿, 초벌로 쓴 원고)라 부를 수 있겠지만, 실상은 '연습'이라고 해도 크게 틀리지는 않는다.

우리가 처음 출발할 때 글이 무엇인지, 문장이 무엇인지, 어떻게 쓰는 건지, 이런 것들에 대해 머리로는 이해했을지라도 몸으로는 제대로 이해하지 못한 상태였다. 그건 누구나 다 동의할 것이다. 그런데 한 꼭지 한 꼭지 써나가면서 몸이 문장을, 글을 알기 시작했다.

이렇게 쓴 글이기에 더욱 그대로 둘 수는 없다. 고쳐야 한다. 바로 '퇴고'를 해야 한다. 그런데 우리가 해야 하는 작업은, 우리가 쓴 글이 초고이기에 중복되거나 불필요한 내용을 삭제하거나 부족하거나 빠진 내용을 보충하고, 오·탈자 및 띄어쓰기 등을 손보는 교정 교열의 의미를 넘어선다.

생각해보자. 지금까지 우리가 쓴 글을 자신 있게 다른 사람에게 보여줄 수 있을까. 이 책을 읽는 독자라면 아마도 글이란 걸, 더욱이 긴 글을 처음 써봤을 것이다. 처음에는 글이 뭔지도 모르며 시작했다가 점점 글이 뭔지 알아가며 썼을 것이다. 그러니 글이라기보다는 연습이었다고 해도 지나친 말이 아니다.

그러니 그 초고는 퇴고가 아니라 아예 다시 쓰자고 제안하고 싶다. 너무 힘들고 지겨워 다시 거들떠보기 싫다고 할지 모르겠다. 하지만 여기까지 왔다면 이제 글 쓰는 맛을 조금은 느꼈을 것으로 생각한다. 그래서 글을 다시 쓰는 것에 큰 부담이 없을 것이다.

원고를 다시 쓸 때 이미 쓴 글을 첨삭하는 방식으로 하지 말길 바란다. 많은 사람이 기존 글을 고치려고 하는데, 결과물이 좋을 수 없다. 애초 바탕이 나쁜 것이기에 아무리 잘 고쳐도 본질을 바꾸기 어렵다. 지은 집이 마음에 안 들 때 고치려면 아예 새로 짓는 것보다 더 품과 비용이 많이 든다는 것은 많은 경험자의 한결같은 의견이다. 글도 마찬가지다. 쓴 게 아까워 미련을 두다 보면 그동안 느껴왔던 글쓰기 황홀감이 혐오감으로 바뀔지도 모른다. 그러나 아예 집을 허물고 다시 짓듯 다시 쓰기를 권한다.

다만, 그래도 쓴 게 있으니까 그걸 어떤 식으로든 활용해야 하지 않을까 싶기도 할 것이다. 그렇지만 미련은 과감하게 버리자. 만약 지금 당장 미련을 떨치기 힘들다면 일단 이쯤에서 덮기를 바란다. 그리고 다시 마음이 동하면 원고를 꺼내 읽어보고 다시 쓰기를 추천한다. 다시 쓰기는 다음과 같은 과정으로 하면 된다.

첫째, 지금까지 쓴 글을 처음부터 끝까지 정독한다.

단, 읽을 때 오류나 잘못된 부분을 교정하려 하지 마라. 꼼꼼하게 읽는 게 중요하다. 잘못된 부분은 이미 머릿속으로 교정해서 입력하고 있다.

둘째, 글에 관한 전반적인 구성을 다시 고민하여 수정한다.

처음 생각했던 것이 글을 씀으로써 더욱 구체화하고 정리된다. 그러면서 기존의 초고가 맘에 들 때도 있다. 그럴 경우엔 기존의 구성을 그대로 살려서 다시 쓰기를 하면 된다. 하지만 그렇지 않을 경우엔 글을 전반적으로 다시 생각해본 다음 구성을 짜고 다시 쓰기를 한다.

셋째, 새로 쓰고 나서 처음 쓴 원고를 비교·분석해본다.

이 작업은 여러 가지로 글공부에 도움이 된다. 시간이 오래 걸리는 것이 아니다. 한 꼭지를 마치면 처음 원고를 다시 읽어보면서 새로 쓴 원고가 어떻게 달라졌는지 점검한다. 그러면 문장을 어떻게 쓰는 것이 좋은지, 구성을 어떻게 하면 좋은지를 몸으로 느낀다.

이렇게 원고를 처음부터 새롭게 쓰고 나서 그 다음에 '퇴고' 작업을 한다.

퇴고는 소리 내어 읽으면서 하면 쉽다. 찬찬히 읽다보면 뭔가 어색한 부분이 보인다. 부자연스럽고 호응이 이루어지지 않는 문장을 잡아내기가 좋다. 그럼 퇴고를 할 때 어떤 요소들을 표시하면서 해야 하는지 알아보자.

우선 문장의 주술 관계를 살펴 비문(非文, 문법에 어긋난 문장)이 있는지, 없는지 체크한다. 주어는 있는데 이에 호응하는 술어가 없거나, 술어는 있는데 행동하는 주어가 없는 경우이다. 이때는 주어와 술어를 바르게 호응하게 한다.

이 문장을 한 번 보자. 등산로에 가면 자주 마주칠 수 있는 경고문이다.

"이 지역은 무단입산자에 대하여 자연공원법 제60조에 의거 처벌을 받게 됩니다."

무엇이 잘못된 것 같은가. 얼핏 읽어보면 잘못된 부분이 없는 것처럼 보인다. 하지만 문장을 구성하는 가장 기본적인 요소만 살펴보면 잘못된 부분을 곧바로 발견할 수 있다. 이 문장의 주어는? '이 지역'이다. 맨 앞에 있기도 하거니와 주격 조사인 '은'이 있기 때문이다. 그렇다면 '이 지역'과 호응 되는 술어가 있는지를 우선 살펴보자. 술어라면 '받게 됩니다'이다.

이 문장을 최소화하면 "이 지역은 받게 됩니다"이다. 받다가 타동사이므로 목적어가 필요하니까, '처벌'을 넣으면 "이 지역은 처벌을 받게 됩니다"가 될 터인데, 지역과 처벌받는다는 것이 호응하는가. 처벌받는 대상은 사람이어야 한다. 그런데 없다. 따라서 이 문장은 "이 지역을 무단 침입하는 자는 자연공원법 제60조에 의거 처벌을 받게 됩니다"로 고쳐야 한다.

또한, 동사가 타동사냐, 자동사냐에 따라 목적어가 반드시 들어가느냐 필요 없느냐가 결정되는데, 이걸로도 많이 틀린다. 가령, 나는 학교를 뛰어갔다, 이런 문장이 있다면, 얼핏 보아 맞는 것처럼 보인다. 그러나 뛰어간다는 자동사로 굳이 목적어가 없어도 스스로 그 역할을 다한다. 그러므로 '학교를'이라는 목적어가 되레 어색하다. 찬찬히 읽어보라. 그럼 이 문장은 "나는 (학교로) 뛰어갔다"로 학교 뒤에 붙는 조사를 '을' 대신 '로'로 바꾸는 것이 자연스럽다.

아울러 꾸밈말이 제대로 꾸미고자 하는 말과 잘 호응하는지도 살펴 고친다. 관형사는 체언(명사) 앞에, 부사는 용언(형용사) 앞에 위치해 수식한다. 특히 이런 꾸밈말이 부자연스럽지 않은지 살펴 고치는 것이 좋다.

글을 전개해 나가는 과정에서 해당 꼭지의 주제를 벗어난 부분은 없는지 체크한다. 어떤 글이나 한 꼭지든, 한 문단이든 반드시 전하고자 하는 특정 주제를 담고 있기 마련이다. 이에 이 주제를 뒷받침하는 것과 상관없는 내용이 없는지, 또 더 보완할 내용은 없는지 점검해서 첨삭한다.

문단과 문단이 자연스럽게 연결되는지도 점검해야 한다. 접속사 등으로 간단하게 해결할 수도 있겠지만, 그것으로 부족하면 앞 문단의 마지막 문장과 뒤 문단의 첫 문장을 손질하여 자연스럽게 이어지도록 고친다.

아울러 한글맞춤법에 따라 맞춤법이나 띄어쓰기, 오·탈자, 문장부호 등도 바르게 고쳐야 함은 당연하다. 이에 평소 한글맞춤법에 관심을 두는 것이 좋다. 한글맞춤법은 우리의 평소 언어생활에서도 얼마든지 실습할 수 있다.

엘리베이터를 타면 여러 가지 광고 스티커가 붙어 있다. 그걸 보면서 오·탈자나 띄어쓰기 같은 것을 확인해볼 수 있다. 버스나 전철에도 온갖 광고물이 넘친다. 그곳엔 우리의 무료한 시간을 달래줄 한글맞춤법 문제들이 수두룩하다. 그 문자를 읽으며 교정하다 보면 어느덧 목적지에 따른다. 자꾸 끊기는 스마트 폰에만 코를 박지 말고 목운동하는 셈 치고 고개를 젖혀 광고물을 꼼꼼하게 읽으며 한글맞춤법 공부를 하는 것도 괜찮지 않은가. 스마트폰은 잘 모르는 것을 검색하고 확인하는 데 사용하면 딱 맞는다는 사실, 내가 얘기 안 해도 더 잘 알 것이다.

이 글을 읽고 나면 머리에 쥐가 난다. 왜? 글 쓰는 것도 버거운데 맞춤법까지 세심하게 신경 써야 하기 때문이다. 그래서 한 가지 고육지책을 소개하겠다. 한글 파일로 원고를 쓰면 맞춤법이나 띄어쓰기 등 어법에 맞지 않으면 빨간색 밑줄이 생기는데, 이러면 틀린 것이니까 고쳐야 한다. 또한, 한글맞춤법에 맞는 표기인지 아닌지 확인하는 방법은 사전이 가장 좋겠지만 부산대에서 만든 '한국어맞춤법/문법 검사기'(http://urimal.cs.pusan.ac.kr/urimal_new/)를 활용해도 된다. 요즘엔 네이버나 다음에서도 한글맞춤법검사기를 서비스한다. 다만 불완전명사나 조사, 접미사를 가끔 혼돈한다. 해서 이 한글맞춤법검사기가 만능은 아니다. 그래서 다 믿어서는 안 된다.

[TIP 5] 글쓰기 모임: 훈수가 자판을 춤추게 한다

글 쓰는 행위는 혼자하는거지만 글을 더 좋게 만들려면 남들에게 읽혀야 한다. 물론 자신이 쓴 글은 당연히 타인이 읽겠지만 여기서 말하려고 하는 것은 완성된 글을 읽힌다는 의미가 아니다. 글을 쓰는 과정에서 남들에게 읽혀야 한다는 이야기이다.

문예창작과 학생들이 가장 곤혹스러하는 일은 합평회라고 입을 모은다. 이는 시나 소설 등을 써서 수업 시간에 학우들에게 발표하고 품평을 받는 수업 시간이다. 그런데 모두 다 나름 문인을 꿈꾸며 치열하게 글을 쓰는 학생들인지라 평가도 냉정하다 못해 냉혹하다. 구성이나 문장 등에 이르기까지 모든 부문에서 혹독하게 평가한다. 오죽하면 발표하고 나면 발표자는 영혼까지 탈탈 털리는 느낌이 든다고 할까. 그럼에도 발표자는 이런 과정을 겪고나면 글쓰기의 수준이 한 단계 업그레이드되었다는 사실을 다 인정한다.

그런데 글을 처음 쓰는 사람이라면 그런 합평회 같은 것은 꿈도 못 꾼다. 문창과를 다니는 것이 아니라면 더더욱 그렇다. 그래서 나는 한 가지 방법으로 글쓰기 (소)모임을 만들라고 제안한다.

얼마 전에 나는 메리 카이트 맥키가 저술한《지금 당장 글 잘 쓰기》를 번역했다. 그 책에서 아예 한 장을 할애하여 모임을 운영하는 사례를 소개 하였다. 왜 그랬겠는가? 중요하기 때문이다.

나는 글쓰기 공부를 할 때 소모임을 만들지는 않았다. 대신 쓴 글을 친구들에게 지겹도록 읽어달라고 부탁하곤 했다. 아마 서너 명이 나의 품평자 역할을 했던 것 같다. 그런데 재미있는 것은 이들이 글과는 담을 쌓은 친구들이었는데, 나름대로 의미 있는 평을 한다는 점이다. 처음엔 "괜찮은데"나 "뭔가 아쉬운데"라는 정도의 평가 멘트가 나중엔 "서론이 길어 가분수 같으니까 앞부분은 좀 줄이고 일부 내용은 본문에서 소화하는 것이 어때?"라든가 "본문에서 다루는 사실 순서를 중요도 순서로 바꿔보면 어떨까?"라고 자신들의 의견을 개진했다. 이들이 글을 쓰지는 않았지만 아마도 나와 함께 읽는 법을 진화시킨 것 같다.

그러다 신문사에 들어가 기사를 쓰면서부터는 데스크로부터 기사에 대한 데스킹(첨삭) 과정에서 호된 질책을 받았다. 특히 기사 내용 중에서 취재 부실로 인한 함량 미달의 사실 나열이라는 지적을 많이 받았던 것 같다. 그러다 공수가 바뀌어 내가 데스크를 할 때를 돌아보면 기자들의 기사에 대해 지적질을 참 많이 했는데, 반면 내 글을 지적해주는 사람이 없자 글이 더는 늘지 않았다.

글이란 이런 것이다. 끊임없이 공부하고, 쓰고 또 쓰고를 반복해야 하는 일이다.

요즘 언론사 입사를 희망하는 사람은 학원에 다니면서 '언론고

시'를 준비한다고 하는데, 논술 공부를 위해 소모임을 만든다고 한다. 정말 잘하는 방법이다. 일주일에 한 번이든 두 번이든 아님, 날마다이든 함께 모여 써온 글을 읽고 품평하는 작업을 한다. 이때 주의할 점은 칭찬보다는 지적이 더 효과적이라는 사실이다. 다만 발표자는 어떤 지적도 달게 받는다는 포용력이 필요하다. 아무리 잔인하게 잘근잘근 씹더라도 다 버텨내는 대인의 풍모를 발휘해야 한다.

어떻게 글쓰기 (소)모임을 만들까. '모임'이라는 말에 너무 거창한 의미를 부여하지 않았으면 한다. 앞에서 소개한 책 저자 메리 카이트 맥키도 처음엔 자신과 의기가 투합하는 한 사람과 모임을 시작했다. 그러면서 그 모임을 아는 주변 사람들이 하나둘 가세했다.

모임을 만들 때 주의할 점은 회원이 5명을 넘지 않도록 하는 것이 좋다. (꼭 5명이라기보다는 그 언저리에서 상황에 따라 적당한 숫자이면 좋다) 너무 많으면 산만할 뿐만 아니라 품평 자체가 질적으로 흐르기보다는 의무적으로 하는 영혼 없는 멘트가 될 공산이 크다. 또한, 한두 명이면 매일 같은 패턴의 지적으로 지루해질 우려가 있다. 그런 점에서 5명 정도가 의견을 개진하면, 다양성을 추구할 수 있고 나아가 새로운 방법이 생겨나 품평의 수준을 높일 수 있다.

흔한 말로 백지장도 맞들면 쉽다고 하지 않았던가. 공부라면 특히 더 그렇다. 글쓰기는 초등학생도 나의 글을 얼마든지 지적할 수 있다. 내가 지난해에 《나의 인생 이야기 자서전 쓰기》를 냈을 때 머리말을 읽던 대학생 조카가 "삼촌 이 문장 이상한데요? 주어와 서술어가 안 맞아요?" 하는 게 아닌가. 실제 보니까 잘못 쓴 문장이었다. 참고로 이 조카는 이과이다. 그리고 글에 대해서는 나에게 한 수 접고 들어간다. 그런데도 지적할 수 있다. 그래서 글쓰기에 대하여 잘 모르는 사람이라 하더라도 얼마든지 약이 되는 지적을 할 수 있다.

모임을 만들면 또 하나 좋은 점은 혹 게을러질 수 있는 자신의 나태함을 견제해준다. 만약 혼자 글쓰기 작업을 한다면 하기 싫은 날에는 내일 쓰지 하며 넘길 수 있지만, 약속된 날짜가 있다면 아무리 게으름을 피우더라도 그 시간 전에 쓸 수밖에 없다. 나도 그렇지만 기자들에게는 마감병이라는 게 있다. 글을 쓰려고 아무리 낑낑거려도 안 되던 글이 마감이 코앞에 다가오면 신기하게 써진다. 이런 방식의 글쓰기가 좋으냐는 논외로 치고, 강제성이 생길 때 게으름도 도망간다.

글쓰기는 성실해야 좋은 글을 쓴다. 그런 점에서 글쓰기 모임은 여러 가지로 좋은 점을 가져다준다.

▶▶▶

나가며

글쓰기는 재주가 아니다!

내가 이 책에서 일관되게 주장한 것이 있다.

글쓰기는 어렵지 않다. 글쓰기는 누구나 할 수 있다. 타고난 소질에 크게 좌우되지 않는다. 글쓰기는 성실하게 쓰고 또 쓰면 잘 쓸 수 있다. 그리고 중요한 것은 글 쓰는 비결은 있을지 몰라도 '잘' 쓰는 비결은 없다.

글과 친하지 않은 사람에게 글쓰기를 하라고 하면 진저리부터 치고 본다. 나와는 거리가 먼 일이라고 생각하고 애당초 가까이 해보려고조차 하지 않는다.

그런데 가만히 생각해보자. 그런 사람도 지금 열심히 글을 쓰고 있다. 무슨 소리냐고? 건널목에서 카톡이나 문자 쓰느라 교통사고 유발자 역할을 톡톡히 하고 있지 않은가. 글은 거창한 것이 아니다. 특정인만 쓰는 전유물이 더더욱 아니다. 누구나 아무 때나 어디서나 쓸 수 있는 게 글이다.

이 책의 서두에서도 말했지만, 글쓰기 입문자들이 파괴하고 건

너가야 할 세 가지가 있다. 글쓰기에 대한 두려움, 어려움, 과잉의 욕이다.

우선 글쓰기 두려움을 보자. 글쓰기가 두렵다는 것은 결국 글을 다른 사람한테 보이기 두렵다는 표현과 맥을 같이한다. 내가 쓴 글이 개발새발이든 나만 읽는다면 두려움을 느낄 이유가 없다. 내가 쓴 글이 제대로 쓴 것인지 아닌지도 의미 없다. 아니 따질 필요도 없다. 나는 그 글을 제대로 썼다고 생각한다. 내 처지에서는 최선을 다한 글이다. 그러므로 그 글에 대해 두려움을 가질 이유가 없다.

그런데 문제는 남에게 보이려고 생각하면, 이때부터 진땀이 나기 시작한다. 글도 못 쓰느냐는 핀잔을 들을까 봐 노심초사하기 마련이다.

그래서 하는 말인데, 좀 뻔뻔해지자. 나로서는 최선을 다했다. 이게 제대로 쓴 문장인지 아닌지는 나중이다. 나는 내 진심을 담아 썼다. 이런 입장을 당당하게 내보이자. 마음의 준비를 이렇게 당당하게 하고 나면 글쓰기가 한결 편해진다. 아무리 글을 잘 쓰는 사람이라도 초보 시절이 있었을 것이며, 기고 나서 일어서고 그러고 나서 걸음마를 한 발 두 발 떼다 익숙하면 뛰어다니는 게 인지상정이다.

글쓰기에 대해 두려움을 갖는 순간 당신은 패배자가 된다. 당당하게 자신의 글을 작성했으면 한다.

두 번째, 어려움이다.

세상에 익숙하기 전엔 어렵지 않은 일이 있을까. 글쓰기라고 해서 특별히 더 어려운 것은 아니다. 그런데 어떤가. 우리는 글을 쓰라고 하면 펜을 들기도 전에 "아, 어려운데!" 하고 설레발을 친다.

글쓰기는, 그냥 하는 말이 아니라, 정말로 쉽다. 거듭 얘기하지만, 카톡이나 문자 보내듯 쓰면 된다. 머리에서 생각나는 대로 문자로 표현하면 된다. 말하듯 쓰면 된다. 어떤 기교도 현란한 기술도 필요 없다. 있는 그대로, 보이는 그대로, 느끼는 그대로, 문자로 표현하면 그게 바로 글이다.

물론 '잘' 쓰는 문제는 별개다. 그런데 지금 날개도 없는데 날겠다고? 천부당만부당한 이야기다. 날개부터 달아야 하는 것이 순서 아닌가.

글을 '잘' 쓰는 문제는 일단 쓰기 시작하여 쓰고 또 쓰고 하다 보면 몸이 저절로 알아서 잘 쓰게 되는 것이지 얄팍한 몇 가지 기술로 덤빌 수 있는 문제가 아니다. 그리고 내가 장담한다. 글을 계속해서 쓰다 보면 어느 순간 글쓰기 실력이 한 단계 업그레이드 되어 있을 것이다. 어학 공부할 때 열심히 듣기를 계속하다 보면 어느 순간 귀가 트이고 입이 열리는 것처럼 글도 그렇다. 그래서 열심히 쓰는 것이 비결 아닌 비결이다. 성실만이 글 잘 쓰는 비결이다.

세 번째는 과잉의욕이다.

의욕은 글쓰기 문외한도 춤추게 한다. 뭔가 해보겠다는 의욕이 충만하면 두려움이나 어려움 따윈 한갓 기우에 불과하다. 좋다. 의욕이 없다면 그 어떤 일도 하는 동안 신나지 않는다. 의욕은 분명히 무슨 일을 하든 즐길 수 있는 바탕이다. 그런데 문제는 지나칠 때 생긴다. 무슨 일이든 지나쳐서는 좋지 않다는 사실을 우리는 다 알고 있다.

그런데 글쓰기에 막 입문하여 이제 막 걸음마를 떼려고 할 무렵이 되면 대부분이 자신의 글쓰기 실력을 지나치게 믿고서 온갖 현란한 솜씨를 뽐내려고 한다. 수식어를 마구 갖다 붙여서 문장의 길이를 한껏 늘이고, 서너 개 이상의 주제가 포함된 복문을 구사하려 든다. 물론 이 같은 시도가 잘못되었다는 이야기는 아니다. 시도는 좋다. 그런데 지금 단계에 맞는 기술을 구사해야 기술이 제대로 먹히는 법이다. 초보운전 때를 생각해보라. 룸미러는 고사하고 백미러조차 제대로 못 보는 처지에 길이 뻥 뚫려 있다고 150km로 과속을 한다면 그게 정상인가. 아니다. 그게 바로 과잉의욕이 아니고 무엇인가.

글쓰기에서 불타는 의욕은 앞으로 나아가게 하는 원동력이다. 따라서 지금 속도에 맞는 에너지를 사용하여 앞으로 나아가면 된다. 그런데 분명한 것은 글을 쓰다 보면 몸이 알아서 기술을 구사한다.

글쓰기를 많이 하다 보면 다양한 문장이 몸속에 저장되어 있다가 필요할 때 적합한 표현 되어 술술 나온다. AI가 바로 그런 경우가 아닌가. 내가 그토록 쓰고 또 쓰라고 강조하는 것이 바로 이런 이유에서다. 머릿속에 사례 문장을 많이 저장하고 있는 사람일수록 좋은 글을 쓸 수 있다.

나는 이 책을 글 '잘' 쓰는 방법이 아니라 '그냥' 글 쓰는 데 필요한 사항을 담으려고 애썼다. 물론 나의 애초 의도가 잘 드러났는지는 독자가 판단할 몫이다. 만약 이 책을 읽고 글 쓰겠다고 맘먹는다면 나는 목표를 달성한 셈이다. 그렇지 않아 다른 글쓰기 책에 손이 간다면 절반의 성공이다. 글에 무관심했던 당신을 글쓰기에 입문하도록 부추겼을 테니까.

그냥, 글쓰기 :
내 몸은 문장을 알고 있다

1판 1쇄 발행 | 2018년 12월 26일
1판 3쇄 발행 | 2022년 12월 02일

지은이 | 조성일
펴낸이 | 김경배
펴낸곳 | 시간여행
본문 디자인 | 디자인 연;우]

등 록 | 제313-210-125호(2010년 4월 28일)
주 소 | 경기도 고양시 덕양구지 도로84, 5층 506호(토당동, 영빌딩)
전 화 | 070-4032-3664
이메일 | jisubala@nhanmail.net

종 이 | 엔페이퍼
인 쇄 | 한영문화사

ISBN 979-11-85346-89-2 (03800)

이 도서의 국립중앙도서관 출판예정도서목록(CIP)은 서지정보유통지원시스템 홈페이지(http://seoji.nl.go.kr)와 국가자료공동목록시스템(http://www.nl.go.kr/kolisnet)에서 이용하실 수 있습니다.(CIP제어번호: CIP2018041309)